Adele Colgada

I delitti di Monteverde

La prima indagine
di Gerarda Greco

GIUNTI

Questa è un'opera di fantasia. Ogni riferimento a fatti accaduti e a persone esistenti o realmente esistite è puramente casuale.

www.giunti.it

Via Bolognese 165 – 50139 Firenze – Italia
Via G. B. Pirelli 30 – 20124 Milano – Italia

Prima edizione: febbraio 2020

Pubblicato in accordo con MalaTesta Lit. Ag. Milano

1

Dall'alto, l'isola era un biscotto rosicchiato dai denti d'un gigantesco roditore. L'aereo si abbassava, Gerarda distingueva sempre meglio le ferite dovute alla siccità e agli incendi appiccati, quando il caldo mangiava le case. Casolari sparsi, la chiazza bianca di una cittadina sperduta, le macchie minute di due o tre paeselli, un nastro ininterrotto di ecomostri, alberghi dalle mura squadrate, le piscine color dentifricio, il lungocosta. Un paesaggio adatto all'apocalisse, da dopobomba, che tirava su il capo da un Mediterraneo verdastro e turbolento. Si vede che a Chernobyl era tutto esaurito e hanno dovuto prenotare qui, *pensò Gerarda allungandosi verso il finestrino.*

Poco dopo, la hostess in tailleur verde annunciò che l'aereo stava per atterrare.

Gerarda, sollevata, cominciò a raccattare le sue cose e infilò gli occhiali scuri, anche se all'esterno non c'era molto sole, mentre l'aereo atterrava sulla pista di un piccolo aeroporto scalcinato.

Da quando era stata assunta dalla casa editrice, in cui negli ultimi vent'anni aveva fatto una relativa ma decorosa carriera, aveva partecipato spesso al sabba annuale di presentazione delle novità ai "promotori": coloro che avrebbero dovuto piazzarle nelle librerie di tutta Italia, occupandone militarmente gli scaffali. Le venne un attacco di rabbiosa malinconia, di quelli da archiviare sotto l'etichetta "chi siamo, da dove veniamo, dove andiamo?".

Anche se tutto era gratis, nessuno sembrava entusiasta dello sbarco fuori stagione su quell'isola brulla e morsicata: dopo averli abituati a mete come Londra, Parigi, Istanbul, Barcellona, Praga et similia, quest'anno la casa editrice li aveva deportati in una desolata location a buon mercato, tra pensionati tedeschi e russi dall'aria famelica e bizzarra, in un'insalata di calzini di spugna dentro ai sandali e casalinghe fluorescenti come pennarelli. Brutto segno se l'azienda tirava così visibilmente al risparmio, dicevano gli sguardi che correvano tra gli esperti e cinici "ratti di bordo", ossia i venditori più anziani. Il confortevole volo di linea dei superdirettori e degli autori di best seller era stato cancellato, s'erano trovati tutti sul charter della truppa.

Sì, bruttissimo segno, *pensò Gerarda, mentre il suo trolley rosso la seguiva docile come un bassotto e il vento le scompigliava i capelli ricci e le stirava addosso il vestito a fiori violetti e arancioni.*

Su di loro era piovuta da poco, come diluvio, la circolare su prepensionamenti, "scivoli" e buonuscite per redattori e impiegati. Nonostante tutte le schifezze al limite del criminale, in hard e soft cover, buttate sul mercato, e gli sconti e i testimonial e le campagne promozionali, quest'anno le vendite erano andate a picco.

Comunque non è colpa mia, si disse, mentre un giovane redattore in total black mormorava qualcosa alla giovanissima autrice in total black di un non-romanzo lanciato come "il nuovo travolgente manifesto della sessualità femminile". La mia collana va bene, e non parliamo di Capece, in fin dei conti l'ho scoperto io, anzi, in un certo senso Capece c'est moi. *E lanciò un'occhiata alla gallina dalle uova d'oro che aveva scovato ormai cinque anni prima e che il successo letterario aveva trasformato in un insopportabile tacchino ripieno, ora impegnato a crogiolarsi nelle lusinghe di una delle più raffinate geishe dell'ufficio stampa e del giovane Boschi, Gianni Boschi, il bulimico ragazzotto che da un anno sarebbe stato in teoria il suo assistente (suo di lei, Gerarda), ma che in realtà era un piranha con gli occhialetti alla Bertolt Brecht. Farsi assistere da lui corrispondeva a dare l'okay per la stricnina nella tisana serale.*

Quando Boschi sorrideva non si poteva fare a meno di notare che aveva molti più denti del normale. Il loro scintillio testimoniava la ferma volontà di sloggiare il suo capo (Gerarda) dalla direzione di "Fiume Nero", collana di buone vendite e buona reputazione.

Sarebbe toccato a lei, come al solito, presentare alla convention l'ultimo attesissimo libro di Capece, una futura miniera di diamanti nascosta sotto una copertina nera su cui spiccava in rosso la scritta Soltanto sangue, *il peggior titolo di sempre, imposto dall'autore con la solidità delle star.*

Solo all'idea, il morale di Gerarda finiva sotto i tacchi, dove da tempo era solita parcheggiarlo.

Si sentiva in gita scolastica con un rettilario portatile.

Il breve viaggio verso l'hotel non migliorò il suo umore, che precipitò definitivamente quando dovette trascinare a stento il proprio bagaglio attraverso il giardino di un sontuoso Hotel Le Méridien in riva al mare, identico a tutti i Méridien del mondo.

Oltre la hall, Gerarda intravide una sala ricca di cataste, mucchi, piramidi di libri, migliaia, milioni di libri, e davanti alla soglia, vestita di bianco e aureolata di bianchi capelli, li attendeva un'inconfondibile figura di condottiero, capo, padrone, proprietario, insomma l'Editore, che ascendeva nella luce con un sorriso benedicente e annunciava: «Non temete, questi libri non sono qui per essere letti, ma per essere venduti».

Ed era a questo punto che Gerarda Greco si rendeva conto di aver sognato, riportando all'assalto il passato più prossimo, solo un anno prima.

Aprì quindi un occhio e, nella luce che filtrava tra le stecche della serranda, riconobbe a poco a poco quella che da non molto era la sua stanza da letto: i mobili appena restaurati, le ombre nello specchio della toilette, le fotografie in cornice sul cassettone, l'enorme armadio con le ante sormontate da melagrane e pavoni imprigionati in bassorilievi di bronzo dorato. Ogni cosa, dalle foto alla leggera trapunta di vecchia seta con uno sbiadito disegno di ciclamini, alla scatola di vetro con dentro orecchini e anelli, ai ritratti a matita di una qualche prozia, era appartenuta alla sorella di suo padre, morta a novantadue anni, che le aveva lasciato l'appartamento e quanto conteneva. La zia Ginetta, Luigia Greco, era forse la persona che per Gerarda aveva contato di più e che più di tutte l'aveva appoggiata in silenzio, soprattutto adesso, dopo la morte.

Arrivarono, attutiti, passi al piano di sopra (quelli dell'avvocatessa in carriera che per andare al lavoro indossava l'impeccabile tailleur pantalone, portato come una corazza); un rapido schiamazzo nell'atrio (le creature aliene che abitavano al terzo piano, ovvero due orrendi ragazzini dalle orecchie a sventola, diretti a scuola); il breve abbaiare di un cane (Sissi, la barboncina bianca di Elsa Angelucci, una delle superstiti amiche e vicine della zia, di ritorno dalla prima passeggiata).

Si girò pigramente sulla schiena, liquidando con sollievo il sogno propiziato dalle melanzane alla parmigiana che aveva mangiato per cena, ma soprattutto da una voce supplice-aggressiva che il giorno prima aveva contaminato la segreteria telefonica: «Come stai? Dove ti sei nascosta? Mi richiami? Sarebbe urgente…». Una voce da pesce assassino. E lei non aveva risposto né richiamato.

Boschi deve essere nei guai con Capece e mi cerca per spremermi un'aranciata di consigli e suggerimenti, pensò Gerarda soddisfatta e senza rimpianti per il lavoro che aveva lasciato giusto dopo la convention mediterranea.

Non c'erano stati tentativi di trattenerla: la casa editrice puntava sui "nativi digitali", più flessibili, più social, più in sintonia con il pubblico giovane, e naturalmente più precari, meno pagati e pronti a sacrificare madre e nonna per un posto a Milano. Così Boschi aveva preso la direzione di "Fiume Nero", che Gerarda era arrivata a considerare una sua creatura, un figlio nutrito di buon latte e fatiche notturne.

Dopo il fulmineo pensionamento c'era stata la morte improvvisa e tranquilla di zia Ginetta, una donna piccola ed esile che a diciotto anni aveva preteso di andare nella lontanissima Torino per frequentare il Regio Istituto Magistrale femminile per l'Educazione Fisica, suscitando un certo scandalo nel paesetto pugliese di cui i Greco erano gli eccentrici signori. Così Ginetta si era diplomata e poi stabilita a Roma, dove aveva insegnato ginnastica ritmica all'ISEF, fino all'età della pensione. Convinta che bagni freddi, giusta respirazione e una dieta adeguata potessero curare qualsiasi malattia, era diventata una seguace del naturismo propugnato dal Duca di Salaparuta, il cui libro di ricette era una bibbia per lei; vegetariana di ferro, animalista intransigente, iscritta alla Società Teosofica, tenacemente nubile, aveva scelto come compagni un branco di cagnetti tra i più brutti al canile che chiamava invariabilmente Fifì, dei quali celebrava puntualmente il "compleanno" con una festicciola per pochi intimi e un'infornata di taralli all'anice.

La nipote l'aveva amata perfino più dei suoi genitori, morti anche loro da anni in un lontano incidente stradale, e la zia l'aveva ricambiata nel suo modo quieto, tanto che nessuno si era meravigliato quando l'appartamento con giardino al pianterreno di un condominio di Monteverde era andato a Gerarda. E lei aveva speso buona parte dei suoi risparmi per ristrutturarlo, scoprendo che fare da levatrice a una casa era un lavoro pieno e fonte infinita di grane e rogne. Ma il risultato l'aveva ripagata, perché l'appartamento le sembrava ben fatto: pareti bianche, marmettoni anni '50, due camere da letto, un grande soggiorno e uno studio dove aveva sistemato migliaia di libri, un bagno verde acqua. E dappertutto le tracce di Ginetta, mescolate ai mobili moderni che aveva scelto; si era tenuta la camera da letto primo Novecento dove aveva dormito tante volte da bambina accanto alla zia, qualche quadro, scatole di foto ancora da riordinare, e il resto (mobili antichi, la ricca argenteria di famiglia, servizi di cristallo e porcellane, un intero corredo ricamato negli anni '30) era tornato nella casa di famiglia a Tricase, che era il passatempo e la passione di suo fratello Gaspare.

Gerarda lanciò un'occhiata alla sveglietta azzurra sul comodino accanto al letto, e pensò che tutto sommato poteva anche alzarsi; erano quasi le nove, e tra poco avrebbe sentito una chiave girare nella toppa, il lieve tonfo della porta d'ingresso. Poi l'odore del caffè preparato da Tina, la sua domestica, e una giornata intera da affrontare con la piacevole lentezza di chi scarta un dolce che non ha fretta di mangiare. La sua nuova vita le stava bene addosso. Ma allora perché quell'impressione che qualcosa (ma cosa?) le mancasse, le sfuggisse?

Prima di veleggiare verso la cucina in camicia da notte di flanella (maniche lunghe, colletto chiuso, fiorellini blu: alla zia Ginetta sarebbe piaciuta), si disse che per niente al mondo avrebbe voluto alzarsi ogni mattina per andare in redazione, sentirsi dire che forse era il caso di prendere in considerazione il manoscritto di una nuova autrice di gialli erotici, rabbrividire di fronte al surplus dentario di Boschi, sperimentare un improvviso calo di zuccheri alla prima telefonata di Ennio Augusto Capece.

No, tutto questo non le mancava.

Magari mi manca il delitto, pensò con un mezzo sorriso, e le dita attorno alla trapunta tremarono come animate dal sospetto d'un presentimento.

2

Gerarda aveva già salutato Tina – che ancorché impegnata con la lavatrice sfoggiava le solite zeppe ai piedi e chincaglierie al collo e alle braccia – quando diede uno sguardo allo studio. Il quadro, che le aveva regalato sua zia (un deprimente paesaggio del pittore pugliese Stanislao Sidoti), pendeva da una parte. Gerarda, pronta per uscire, si fermò, si avvicinò alla finestra e lo raddrizzò infastidita, odiava le storture quasi quanto i bestseller. Vide allora uscire dal portone due inquilini del piano terra, marito e moglie sui cinquant'anni, grassocci e incarogniti. Stavano litigando furibondi: lui aveva dimenticato l'ombrello, lei lo sgridava con una voce da trapano, lui rispondeva paragonandola a una peperonata mai digerita.

I matrimoni erano per lei piaghe dell'umanità tutta.

Non che amasse la completa solitudine, ma era decisamente un'estimatrice della pace dei sensi tra le mura domestiche e la sacrosanta libertà di non prendere l'ombrello in caso di particolare avversione per quest'ultimo. Si era convinta di non poter stare meglio di così. Anche se aveva il presentimento che qualcosa di nuovo, e persino di entusiasmante, potesse succedere da un momento all'altro. Ma cosa? Certo non una telefonata del suo ex amante, la Ciminiera. Certo non delle nuove amicizie, non aveva per niente voglia di perdere tempo in solidali chiacchiere contro il degrado e festicciole atte a scongiurare le disgrazie dei prepensionati, crocchie e calzette color carne arrotolate.

Sospirò e finalmente si decise a uscire. Non aveva mai avuto tempo per le passeggiate: ora voleva godersele, scorrazzare e brucare su ogni angolo verde del quartiere. Era già oltre la porta quando si rese conto che le facevano male le scarpe. Si ricordò che alle pensionate non era richiesto svettare su tacchi dodici, le pensionate si congedavano dal mondo: arrivederci décolleté a punta, benvenute pantofole di gomma! Tornò indietro e si mise un paio di ballerine spagnole comodissime, di quelle che fanno sembrare il piede piatto come un uovo fritto. Appena fu di nuovo fuori, speranzosa di poter lasciare infine la propria abitazione, incontrò due anziane, che si fermarono a osservarla. Le riconobbe e anche quelle la riconobbero: erano le sorelle Meloni, che aveva già conosciuto quando veniva a trovare la zia Ginetta.

Una delle due, che doveva essere la più giovane, era decisamente robusta, tonda e rugosa come un'arancia cotta dal sole, a cui erano attaccate due gambe molli e gonfie, doveva avere più di settant'anni. I capelli erano d'un grigio ferro, cesellati in una pettinatura corta e rigonfia, messa su da una parrucchiera decisamente poco *à la page* e immersa in nubi tossiche di lacca, che la faceva apparire compatta come la carta stagnola.

La sorella maggiore era più alta e più asciutta di corporatura, come se fosse stata essiccata, anche se la sua relativa magrezza era in parte moderata da un'ossatura pesante, bovina. Il suo aspetto repelleva a tratti, soprattutto se lo sguardo cadeva su un enorme neo scuro, bene in rilievo sulla guancia sinistra, con un ciuffo di peli nel mezzo, a mo' di aiuola appassita. Tutte e due indossavano abiti anonimi ma di buona qualità, un po' antiquati, aderenti a un'idea di decoro borghese anni '50; qualche piccolo dettaglio (soprattutto la spilla e la borsetta della più giovane) denunciava il desiderio di farsi comunque notare.

Desiderio crudele che accompagna le donne fin nella tomba, pensò Gerarda.

Entrambe sorrisero e la più anziana disse: «Benvenuta! Complimenti per la casa. Fa piacere vederla di nuovo abitata. Sua zia era una tanto brava persona».

La sorella minore le fece eco: «Elide dice bene. Sua zia era proprio gentile, quando ci invitava ci offriva certi dolci...».

«Pina» la rimbeccò l'altra «la signora è appena arrivata...»

«Grazie ma non sono sposata, quindi niente signora. Ci vediamo» rispose Gerarda e così dicendo le superò.

«Arrivederci» salutarono compite le sorelle.

Le vecchie megere già la immaginavano ai fornelli a produrre torte alle mele per la comunità. *Be', hanno sbagliato canale*, sbuffò Gerarda tra sé.

Poco più avanti incontrò la portinaia, una donnetta topesca con la sigaretta perennemente in bocca, che mentre puliva spargeva cenere, e che le fece un mezzo sorriso sguincio continuando a raccogliere foglie con la scopa. Nel giardino del cortile c'erano piante gigantesche, che si erano impadronite di tutte le aiuole e si protendevano sui muri come a voler divorare le case. *Erano domate, sì, ma non del tutto*, pensò Gerarda. Questa presa di coscienza la rese vispa e allegra.

Finalmente uscita dal palazzo, passò davanti al cancello della casa accanto e si fermò: per la prima volta lo trovò aperto e poté vedere meglio la facciata dell'edificio. Quella piccola e bassa costruzione, che prima faceva parte del condominio, era diventata il deposito del vicino ristorante salentino.

Gerarda si fece avanti nella discesa e poté ammirare un'opera in ceramica che occupava quasi tutta la parete laterale. Era un po' sbiadita nei colori, ma ancora molto vivace. Rappresentava una donna senza testa vestita con un corpetto rosso sangue e un abito bianco, in una posa molto languida, con le mani tra le cosce. C'erano due lavoranti del ristorante, forse due bengalesi, che la guardarono interrogativi mentre scaricavano casse d'acqua da un camioncino.

Gerarda chiese: «Che cos'è quella meraviglia?» e indicò col braccio teso la scultura.

Uno dei due rispose: «Noi non sapere».

Si fece una bella passeggiata fino al Gianicolo. Cominciò a salire per via Fonteiana, passò davanti al numero 86, dove aveva abitato Pasolini. Procedendo il suo umore si afflosciò come una begonia senza acqua.

Ricordava un quartiere ben tenuto, con una sua eleganza anche in quelle palazzine piccoloborghesi anni '50, che prima erano dignitose e adesso erano tinteggiate di tristezza. La strada era sporca, troppi anziani portavano i cani a spasso in una simbiosi delinquenziale; cartacce d'ogni sorta, scritte sui muri, buche nella strada: il sentimento che le cresceva in cuore era una sorta di nausea.

Quasi di corsa fece via San Pancrazio, perché aveva fretta di arrivare al Gianicolo e rifarsi gli occhi. Finalmente era davanti alla Porta, dove avevano da poco aperto un Museo della Repubblica Romana, ma non aveva voglia di visitare musei, anche se provava la massima simpatia per i garibaldini.

Su viale dei Platani rallentò il passo. Il cielo era grigio.

Suo padre possedeva una bella collezione di libri di storia. Conservava anche un album con una raccolta di figurine coloratissime raffiguranti Garibaldi e i suoi mille. Si fermò a osservare attentamente il monumento al centro dello slargo in cima al Gianicolo: Garibaldi, il condottiero, guardava verso il Vaticano vestito con il suo poncho, e di sicuro dentro di sé parlava come in quel film di Soldini...

«Ciao, eroe dei due mondi! Ora siamo vicini di casa...» fece a voce alta Gerarda, ma subito si pentì di quell'entusiasmo. Un vecchio signore, accompagnato da un bastone demodé, si girò come se avesse salutato lui. Gerarda gli fece un sorrisetto complice, come a dire: *Sono pensionata pure io e quindi piacevolmente fuori di testa.*

Non poté fare a meno di ammirare la vista su Roma, che, dall'alto, non perdeva mai la propria bellezza.

Si bevve un caffè al chiosco e tornò indietro col mal di stomaco e con l'idea di andare il prima possibile dall'amica di sua zia, quella Angelucci, per una dose stordente di pettegolezzi condominiali.

Della Angelucci sapeva già parecchie cose, perché le era stata accuratamente descritta dalla zia Ginetta, la quale la ammirava per il suo passato da ex attrice di fotoromanzi, il suo essere diventata donna dello spettacolo e la sua nomea da "mantenuta", il tutto sempre con eleganza e decoro. Ormai era anziana ma teneva ancora molto al suo aspetto. Come ogni diva in decadenza provava a dissimulare il passare del tempo continuando a tingersi i capelli ormai argentei, cotonandoli per farli sembrare meno radi, mentre indossava variopinti e pappagalleschi vestiti che sarebbero stati più consoni a una procace trentenne. Andava ogni mercoledì dall'estetista e a fare massaggi drenanti, ma all'occorrenza sapeva anche pettinarsi e truccarsi da sola, allungando a dismisura ciglia e sopracciglia.

Dopo aver realizzato quattro o cinque fotoromanzi e una particina in un film con Peppino De Filippo si era legata a un senatore democristiano, Antenore Capobianchi, il quale aveva un ménage equamente distribuito tra moglie, figli e lei, la sua amante ufficiale. Ma a un certo punto Antenore, dal temperamento geloso, le proibì di fare altre apparizioni nei fotoromanzi, compensandola con alcuni regali. Tra questi, la casa a Monteverde, acquistata alla fine degli anni '50, arredata tanto sontuosamente quanto con cattivo gusto, ricca di mobili vistosi e di cornici dorate attorno a paesaggi rupestri, piena di ninnoli, armadi ricolmi di vestiti in technicolor, abitata da un fido cagnetto ben pettinato come lei. Anche da morto le aveva garantito un discreto sussidio grazie all'affitto di altre due proprietà. La sua attuale cagnetta si chiamava Sissi (nome di chiara provenienza bavarese).

Mentre Gerarda saliva al secondo piano le sembrò di vedere due ombre e pensò che fossero i figli maleducatissimi della signora del terzo piano, che usavano suonare campanelli e buttare petardi in cortile da ottobre fino a Capodanno, ritenendoli degli scherzi assai originali.

Sperò che l'Angelucci non facesse il sonnellino pomeridiano, suonò il campanello e subito dopo udì delle voci dai toni un po' accesi. L'Angelucci stava discutendo con qualcuno. Gerarda pensò di tornare indietro, ma l'ex attrice a quel punto aprì la porta perfettamente abbigliata: aveva un tailleur celeste Chanel d'annata con un doppio bordino blu e una spilla dello stesso colore. Non aveva un grammo in più rispetto alla giovinezza.

Maledetta, pensò subito Gerarda occhieggiando quel vitino di vespa.

«Buongiorno. La disturbo, sta uscendo? È in compagnia? Le ho riportato questo bel piatto...»

«No, non sto uscendo. Entri pure... Viene a prendermi Enzo, sa, il professore in pensione del primo piano, ma tra un bel po'. Facciamo una passeggiata. Ci si annoia a casa e poi Sissi deve fare il suo giretto...»

Sissi apparve al suono del suo nome, con il pelo ben gonfiato attorno alle orecchie e sulla coda.

«Si accomodi, siamo qui in salotto con Gisella a fare due chiacchiere...»

Un gran sorriso e modi amichevoli: Gerarda si fece avanti guardinga.

Quella donna comunque le ispirava curiosità, malgrado la sua età e le sue bizzarrie, o forse proprio per queste, si era sempre trovata bene tra gli anziani e gli insoliti.

La Angelucci la fece entrare nel salone, suddiviso da una parte in salotto in stile rococò, con stoffa damascata sui toni del rosso, e dall'altra in sala da pranzo anni '60.

Seduta su una delle due poltrone, troppo ingessate per essere comode, c'era l'insegnante in pensione Gisella Sanfilippo, che abitava all'ultimo piano di fronte alle sorelle Meloni. Un tipo fuor di norma anche lei, una donna che da giovane doveva essere stata d'una certa bellezza, che le era restata addosso come un alone d'eau de toilette. Vestiva di grigio con gonne lunghe di maglina e un golf con un grande collo: decisamente in contrasto rispetto a Lady Angelucci.

Gerarda si sentiva quasi una ragazzina da cresima di fronte a quelle due ultrasettantenni e nello stesso tempo pensò che fossero due bislacche, inquietanti signore.

La Sanfilippo la salutò solo con un gesto del capo, rossa in volto, come se avesse avuto un attacco di collera da poco, e rimase muta mentre la Angelucci parlava a raffica: «Non so se si ricorda di lei, ma Gisella è stata professoressa per quarant'anni in un liceo classico qua vicino. Insegnava Storia e Filosofia, vero? È diventata filosofa davvero… difatti mangia solo verdure e raccoglie carte di tutti i tipi».

«Documenti, cara, sono documenti…» ribatté seria la Sanfilippo, che aveva una voce grave e profonda, da messa.

«Documenti in che senso?» chiese Gerarda.

Silenzio.

«Qualsiasi cosa di carta» rispose la Angelucci, visto che l'altra taceva come irritata dalla domanda. «Non è vero che t'interessa tutto, Gisella?»

«Tutto ciò che è carta fa storia… dal biglietto dell'autobus alla carta igienica coi cuoricini…» e poi concluse drammaticamente: «La carta presto scomparirà».

«Effettivamente…» ammise Gerarda conquistandosi un sorriso smilzo della Sanfilippo.

Di che cosa parlavano le due anziane prima che lei entrasse?

Mentre la Angelucci andava in cucina a prendere biscotti e tè, Gerarda si rivolse alla Sanfilippo e disse: «Uscendo per una passeggiata ho avuto modo di vedere, in fondo al cancello vicino al nostro condominio, una casetta con una scultura sul muro... Mi è sembrata molto bella, che cosa rappresenta, lo sa?».

Gisella la guardò sospettosa: «È un'Antigone...»

Gerarda aspettava con ansia di saperne di più, ma Gisella si era ammutolita di nuovo e si era messa a rovistare nella sua grande borsa di cuoio che ovviamente era piena di biglietti, scontrini, fotocopie, quanto gli scaffali di una cartoleria.

Intanto, per fortuna, era arrivata la Angelucci col vassoio colmo: cioccolatini, biscotti, paste alla crema, piccoli tramezzini carichi d'insalata di pollo.

La Angelucci prese un unico tramezzino e la Sanfilippo un unico biscottino. Gerarda mangiò quasi tutto il resto. Quando mangiava troppo le succedeva spesso di starnutire, così estrasse un fazzolettino dalla sua borsa per asciugarsi il naso, e nel farlo cadde fuori un dépliant di una mostra che aveva già visitato. Subito la Sanfilippo si precipitò a raccoglierlo.

«Interessante» disse. «Posso tenerlo?» Le brillavano gli occhi.

Gerarda rispose: «Se vuole...».

Mentre sorbivano il tè profumato e dolce, cincischiando in sorrisetti e sospiri, Gerarda tornò alla carica: «Si tratta di un'Antigone realizzata da quale artista?».

«Aveva il suo studio lì nella dépendance...» borbottò la Sanfilippo tra una sorsata e l'altra.

«Ah!» s'intromise la Angelucci. «State parlando della Grazzini?»

«Adelaide Grazzini...» precisò la Sanfilippo.

Di fronte allo sguardo interrogativo di Gerarda, la Angelucci la incalzò: «Ma come, non si ricorda? Quella del delitto... Ne parlarono tutti i giornali».

Un delitto? Gerarda raddrizzò la schiena e si spremette le meningi. Aveva studiato tonnellate di omicidi, suicidi, risse degenerate in tragedia, furti con scasso, furti senza scasso, furti consenzienti, delitti di sangue, delitti passionali, delitti senza ragione alcuna, il tutto per aiutare lo stolido Capece.

«Ah, certo...» buttò lì.

«Poveretta! Morì assassinata che era così giovane, fu un delitto terribile. Io me lo ricordo bene. Abitavo qui solo da un anno... era il 1958» sottolineò l'Angelucci.

«Aveva trent'anni quando fu uccisa... colpita alla testa. Selvaggiamente... Io abitavo qui fin dall'inizio, dal '55 per la precisione» ratificò la Sanfilippo.

«Perché l'Antigone è senza testa?» chiese Gerarda rivolta all'anziana professoressa. Quella sospirò, seccata di dover fornire spiegazioni e disse: «Antigone è morta suicida, dovrebbe saperlo... s'impiccò... Secondo l'interpretazione della Grazzini, Antigone rinunciò alla sua testa. Anche alla Grazzini alla fine è capitata la stessa cosa».

«Chi fu indagato? Nessuno fu sospettato all'epoca? Mi piacerebbe saperne qualcosa di più...» azzardò Gerarda.

«Non sappiamo nulla di preciso...» tagliò corto la ex professoressa. «Fatto sta che la trovarono con il cranio spaccato da un oggetto contundente proprio lì per terra, nella dépendance dove lavorava...»

Aveva un'aria criptica la Sanfilippo. Gerarda la fissava come a volerle strappare di dosso qualche indizio: una sfumatura di pentimento, rammarico nelle smorfie, dolore negli occhi, l'irrigidimento della postura, uno strofinarsi di mani. Ma l'anziana collezionista di carte, che venne ribattezzata l'"accaparratrice", era impenetrabile come un muro di piombo e di ferro.

A quel punto suonarono alla porta.

«Questo deve essere Marco!» fece l'Angelucci. «Se le interessa questa storia, Marco è la persona giusta. Sta scrivendo la sua tesi di laurea sull'artista perché studia storia dell'arte.»

Gerarda sentì che l'Angelucci diceva al nuovo arrivato: «Lascia la spesa di là e vieni a conoscere la nuova inquilina».

Entrò nel salone un bel ragazzo, capelli lisci, occhi scuri, viso dai tratti meridionali, alto e lungo, vestito in modo semplice, jeans, maglioncino e giubbotto di finta pelle.

«Sono Marco De Petri, piacere di conoscerla e benvenuta nel nostro condominio. Io abito al piano terra.»

Gerarda gli strinse la mano: «Siamo vicini dunque. Anch'io sto al piano terra».

«Ah, ho capito, la casa della signora Ginetta. Sì, io sto lì accanto in un appartamentino con una specie di giardino pavimentato... brutto da morire secondo me.»

La Angelucci, mettendo una mano sulla spalla del giovane, aggiunse: «È davvero in gamba e utilissimo per noi signore sole e, diciamolo pure, assai in là con gli anni. Marco aiuta a fare la spesa sia me che Gisella. Porta a spasso Sissi e ci dà il suo supporto in varie faccende complicate, come la posta...» e si girò a guardare la Sanfilippo con un'aria così maliziosa che quella divenne rossa anguria matura.

«Be', cerco di darmi da fare per guadagnare qualcosa perché i miei genitori stanno a Lanciano» spiegò lo studente. «Io sono venuto ad abitare qui visto che ci viveva tempo fa un'artista molto interessante...»

«Adelaide Grazzini... ne stavamo parlando proprio adesso» aggiunse Gerarda. «Hai potuto accedere a delle carte che la riguardavano?»

Il ragazzo scosse la testa: «Non molto, dopo la sua morte pare che siano andati perduti buona parte degli studi, degli schizzi e dei lavori preparatori. È davvero difficile per me andare avanti nella tesi, se non trovo materiali significativi per studiare il suo metodo di lavoro e scoprire la genesi di certe opere...»

«Ci sarà pure qualcuno che ti possa fornire qualche informazione in più. Possibile che nessuno abbia conservato nulla?» osservò Gerarda.

«Pare che qualcosa sia rimasto...» osservò sibillinamente il giovane lanciando alla Sanfilippo quella che sembrò un'occhiata di intesa accompagnata da un mezzo sorriso. Anche lei accennò un sorriso, e Gerarda, che si accorse di quel rapido scambio, lo catalogò nella categoria "loschi sottintesi".

«Marco, siediti e prendi un tè con noi...» lo invitò l'Angelucci.

Il giovane, sempre imporporato di un lieve imbarazzo, si sedette in punta sul divano, accerchiato da quel trio ben assortito.

Dopo avergli passato la tazza e un tramezzino, Elsa chiese: «Hai trovato una fidanzata qui nel quartiere?».

Il rossore dello studente peggiorò, adesso tendeva al violaceo; a mezza voce rispose: «Veramente no. Sono troppo impegnato...»

La Angelucci non mollò la presa: «Ma come, la Paoletta Terni, non t'interessa?».

«Chi?» fece il giovane, vago.

La Sanfilippo sbuffò e disse: «Elsa, non lo mettere in imbarazzo! La Paoletta Terni è quella ragazza più o meno della tua età, la figlia degli inquilini del terzo piano... quella tutta piercing che veste sempre di nero e ha i capelli di vari colori... una strana creatura».

«Ah!» fece Marco. «Non la conosco per niente.»

La Angelucci, che di fotoromanzi e Harmony ancora si nutriva, lo incalzò: «È un po' strana ma lo sai che studia arte? Potreste andare d'accordo...».

La Sanfilippo intervenne di nuovo: «Elsa, non lo confondere! Non è esatto dire che la Terni studia arte, segue un corso di moda allo IED, fa vestiti...».

«Di storia della moda non so niente...» fece il giovane sempre più imbarazzato. «A me interessa l'arte contemporanea.»

Gerarda sentì di dover intervenire: «La storia degli interessi in comune è una favola inutile» buttò lì amaramente. Le apparve il volto della Ciminiera, che scansò come si fa col più fastidioso dei calabroni.

«In questo momento non posso pensare a farmi una fidanzata» spiegò il ragazzo. «Ho troppi problemi...»

La Angelucci a quel punto lanciò uno sguardo alla sua amica e replicò: «Hai anche il problema di dover dar retta a delle vecchie piene di fisime!».

Il ragazzo sorrise benevolo lanciando uno sguardo verso la Sanfilippo, che si alzò inprovvisamente dalla poltrona e disse: «In quanto vecchia piena di fisime sento il bisogno di andare a casa mia a mettere in ordine le mie preziose collezioni».

«Gisella! Non ti sarai offesa... Lo sai bene a che cosa mi riferisco.»

Gisella fronteggiò la Angelucci e parandosi davanti a lei con un sorrisetto storto le rispose: «Non mi sono offesa. So perché lo dici...».

Mentre uscivano tutti e tre dalla casa, Gerarda sentì la Sanfilippo sussurrare al ragazzo: «Allora, ti aspetto più tardi».

Gerarda tornò al suo appartamento e si precipitò a cercare nei suoi libri, unica fonte di pacata certezza, qualche dettaglio su quell'artista, ma non trovò nulla. Doveva interrogare qualcuno di più informato e più disponibile a parlarle di Adelaide Grazzini.

3

Rodolfo aveva prima suonato al citofono e poi bussato alla porta, ma Gerarda non aveva ancora aperto. Quella donna aveva i riflessi lenti, come di un temporale che tarda a venire. Si era vestito troppo elegante, ostentando persino un cravattino a pallini verdi e se ne rammaricava. Inoltre non c'era stato verso di nascondere adeguatamente quel suo stomaco gonfio, tirato, molesto per la camicia e incapace di farsi contenere dalla giacca.

Conosceva Gerarda dai tempi dell'università quando era un ragazzo alto e bruno, flessuoso e ginnico, amante di polverose camicie di lino demodé, con la barba curata ma non troppo di chi vuole aggiungere carattere al proprio viso senza risultare vezzoso, cosa che ora, invece, non sopportava in un uomo. Gli piacevano i visi lisci e opachi, le pelli secche e le rughe poco accennate.

Si erano conosciuti durante un'occupazione quando lei era già una saccente ragazza con la gonna a fiori. Gerarda poi gli aveva confessato di aver capito subito che era gay, quasi prima che Rodolfo lo ammettesse a se stesso. La cosa lo aveva molto innervosito, anche perché ai tempi dell'università si vantava di aver conquistato il cuore di ben due studentesse, che lei però aveva definito due cafone dell'alta borghesia, vestite di paillettes, Swarovski e spolverini cerulei, appiccicose e irritanti come caramelle balsamiche. A quei tempi Rodolfo non aveva di certo intenzione di andarsene in giro con il suo sacco a pelo facendo tappa ai vari gruppetti di sinistra dei ragazzi occupanti, con il loro *Capitale* sottobraccio e le loro sopracciglia folte, dicendo «Ehi, ragazzi, posso dormire qui con voi stasera?» per poi terminare con un equivoco occhiolino.

La sua era una famiglia piccoloborghese, con un grigissimo padre impiegato, un fratello maggiore tendente al nero cupo del disfattismo, una madre isterica e spendacciona, che probabilmente avevano capito ma facevano finta di no, e per i quali un figlio omosessuale sarebbe stato un problema di decoro, quasi quanto le bucce di banane gettate fuori dai cassonetti.

«Ciao Rodolfo, come va?»

Rodolfo notò subito l'abbigliamento dell'amica. Gerarda, infatti, da un po' di tempo continuava a vestirsi in maniera inadatta: piccola di statura e decisamente sovrappeso indossava sempre ampie gonne fino alle caviglie con scarpe rasoterra, o ciabatte, e camicette zitellesche a righine allacciate fin sotto al mento. Benché avesse occhi di una certa bellezza, un azzurro chiaro ed estivo, come il mare nelle baie più limpide e protette, la sua capigliatura era quasi sempre disastrosa, capelli ribelli simili alla gramigna, né corti né lunghi, tendenti ormai al grigio feltro. Senza un filo di trucco, neanche fosse una quindicenne, mettendo in mostra vene, venuzze, capillari, borse sotto agli occhi e macchie della pelle. E naturalmente con l'eterna tolfa a tracolla; per non parlare delle calze rosse.

Si baciarono sfiorandosi appena.

«Come stai?» ripeté Gerarda.

«Che vuoi che ti dica? Non vedi come sono ingrassato?»

«Ma va!» rispose Gerarda dandogli un colpetto sul ventre teso.

«Dove mi porti a mangiare?» chiese Rodolfo tra l'incuriosito e il prevenuto.

«Qui vicino c'è un ristorante vegetariano molto buono. Ho prenotato lì.»

Lui storse la bocca, avrebbe volentieri fatto strage di gamberetti fritti.

Una volta seduti al tavolo del ristorante a gustare polpette di melanzane e crocchette di patate come antipasto, Rodolfo si aspettava che Gerarda, al solito, lo interrogasse sul suo amante segreto (segreto solo per la moglie di lui), Francesco Quinzi Valfredda, di nobili origini.

Rodolfo lo aveva conosciuto dopo la laurea in architettura durante un viaggio in Brasile ed era stato il suo primo amante, quello a cui era ancora legato in maniera ossessiva, malgrado il matrimonio di lui, medico carrierista convinto, con la figlia di un noto professorone. Rodolfo adesso poteva vantare di aver raggiunto un ottimo livello sociale, si era specializzato nel restauro di edifici storici e lavorava spesso all'estero. Aveva arredato con gran gusto la sua bella casa ai Parioli e allestito una graziosa villa in Toscana nella pace dei campi. Faceva anche viaggi in Polinesia e nelle Filippine, in cui poteva trovare avventure sfiziose con parecchi ragazzi ben assortiti. Aveva abbandonato Francesco decine di volte e sempre con molta sofferenza, ma poi, anche dopo lunghi periodi di separazione, era tornato a frequentarlo assiduamente.

Rodolfo si accorse che Gerarda non aveva nessuna intenzione di interrogarlo sulla sua tempestosa relazione. Era attratta da altri discorsi, infatti cominciò col raccontargli di chi abitava nel suo palazzo, dei due litigiosi del piano terra, delle amiche di sua zia, la ciarliera Angelucci e la bislacca Sanfilippo, delle anziane sorelle Elide e Pina, ma soprattutto voleva coinvolgerlo in un'altra questione: «Ho scoperto che contigua al nostro condominio c'è una casetta dove aveva lo studio un'artista...».

«So tutto. Si tratta di Adelaide Grazzini, un'artista di grande valore. Era un'amica di Luciano Mirri, uomo raffinato e intelligente.»

Gerarda all'improvviso si illuminò.

«Che cosa ti ha raccontato sull'omicidio dell'artista?»

Ah, ecco! pensò Rodolfo. *Dice che non ne può più di gialli e va cercando la trama poliziesca nel suo nuovo condominio...*

«È una storia lunga. Non faccio in tempo a raccontarla mentre mangiamo» sbuffò Rodolfo, che voleva farsi pregare.

«E dai Rodolfo, m'interessa davvero. Ho visto quell'opera all'esterno del suo studio. Mi è sembrata bellissima. Mi hanno raccontato due vecchie signore del condominio che è stata uccisa in maniera barbara. Come mai non è stato scoperto l'assassino?»

Rodolfo, masticando lentamente e con gusto il suo risotto ai fiori di zucca e cacio, cominciò a raccontare: «Oh, non si sa ed è passato molto tempo. La poveretta era un tantino trasgressiva. Aveva varie relazioni e forse qualcuno dei suoi amanti si è ingelosito. Comunque la cosa scandalosa è quello che è avvenuto con il fratello della Grazzini...».

Gerarda era improvvisamente disinteressata al suo piatto di deliziose melanzane panate.

«Il povero Mirri ha salvato, a suo tempo, dalla furia devastatrice del fratello, ignorante come una capra, ma diventato senatore grazie alle amicizie del suocero, le opere, i dipinti, i disegni della Adelaide, perché lui voleva gettare tutto nell'immondizia. Pensa che aveva già preparato i sacchi. Mirri ha gridato allo scempio, poi si è precipitato a salvare tutto quello che poteva prendere, anche le cose che sembravano deteriorate. Sulla scena c'era pure un'inquilina del tuo palazzo che era rimasta altrettanto allibita da quello spreco. Oh, ma lui ha raccolto tutto quello che ha potuto, qualcosa però era già andato perso. Mirri è quasi un maniaco del collezionismo d'arte. Pensa che in casa sua i quadri sono appesi anche nel cesso. Il fratello di lei, però, come i cornuti, dopo parecchio tempo ci ha ripensato. Mirri, che adesso è un signore molto anziano ma ancora piuttosto vivace, da anni sta sostenendo una causa intentata dal fratello di Adelaide perché, quando le quotazioni delle opere della defunta sono salite e la sua fama postuma ha cominciato a crescere, quello ha avuto una conversione sulla via di Damasco. E dire che aveva sempre giudicato scandalosi i suoi quadri... Be', lei non era una suffragetta, disegnava nudi abbastanza audaci. Il fratello prima li considerava delle croste... ma adesso come gli piacciono! Questo genere di persone io...»

«Ma questo Mirri...» lo interruppe Gerarda «che fa di mestiere?»

Rodolfo fece un sorrisetto.

«È ricco di famiglia e si può permettere il lusso di fare a tempo pieno il collezionista d'arte. Quindi vende, compra e ci guadagna sopra. Pensa che è diventato amico della Grazzini quando l'ha incontrata a una mostra alla Galleria Nazionale d'Arte Moderna...»

«Ha avuto una storia con lei?» chiese Gerarda.

«Macché!» si ribellò Rodolfo. «Lui è molto gay. Però ammirava la sua scioltezza e la sua voglia di infrangere ogni regola. Mirri è anche curatore di mostre, ha sempre frequentato vari critici ed è stato promotore della prima personale di Adelaide.»

«Ah, lui la conosceva bene, quindi. E che ne pensa della sua morte?»

Rodolfo le rivolse un'occhiata infastidita.

«Non pensa niente. È rimasto sconvolto e per di più all'epoca, poco prima che lei morisse, erano anche in rotta...»

«Ah! Perché? Che cosa era successo tra di loro?»

«Oh, calma! Non penserai che l'abbia uccisa lui, spero. Era solo arrabbiato con lei perché gli aveva rubato una giovane preda, un giovanotto molto bello, di nome Glauco (tutta gente che io ormai conosco bene), che la Grazzini a un certo punto usò come modello e anche come amante, pare...» commentò Rodolfo con una risatina, riprendendo a mangiare con gusto il suo risotto che nel frattempo si stava freddando.

Gerarda, che aveva finite le sue melanzane, non intendeva però cambiare argomento.

«Perché nessuno ne parla più?» chiese a Rodolfo.

«Oh, figurati! Mirri non pensa ad altro. Sta preparando una sua retrospettiva...»

«Interessante. E dove vorrebbe farla?»

«Penso al Macro a Testaccio. Ma intanto deve combattere con quel buzzurro del fratello...»

Rodolfo si era stancato di parlare di quella storia e cominciò a divagare, constatando però il totale disinteresse di Gerarda che lo seguiva a fatica.

I racconti di Rodolfo avevano attizzato la sua curiosità e, come torta di mele sul davanzale, acuito il suo languorino. Più tardi nel pomeriggio, Gerarda si convinse della necessità di recuperare altre informazioni presso una fonte qualificata andando in visita dalla Sanfilippo. Doveva trovare una scusa però, altrimenti avrebbe fatto la figura dell'importuna, incuriosita dalla stravaganza altrui.

Pensò allora di portarle alcune ormai introvabili annate di *Mani di fata* che aveva ricevuto in eredità dalla zia Ginetta. Si presentò davanti alla sua porta carica delle vecchie riviste. Ad aprirle però fu Marco.

«Salve!» fece il giovane sorridendo. «Ho appena accompagnato la signora Sanfilippo per una faccenda» si giustificò.

Gerarda notò subito che il giovane aveva tra le mani un grande sketchbook. La Sanfilippo arrivò dietro di lui e spiegò: «È un giovane così servizievole! Per noi veterane è un vero dono del Signore». Poi aggiunse, invitandola a entrare: «Voleva parlarmi di qualcosa?».

A ben guardarla Gisella le ricordava la poetessa Alda Merini, le collane di perle, gli orecchini sempre tondi, come pianeti e ciliegie, le cioce ai piedi martoriati dall'artrite. Capelli fragili, mani grandi, una signora dal viso racchiuso in due guance da cane mastino, amante degli storici francesi, degli *Annales*, di Ginzburg e della microstoria. Uno strano esemplare di colta borghesia.

Gerarda entrò. Non c'era angolo della casa in cui non si

trovasse raccolto e incasellato materiale cartaceo: fogli scritti a macchina, ritagli di giornale, biglietti dell'autobus timbrati e non, ricevute compilate a mano, ma anche riviste, ovviamente libri, volantini.

«Mi sono permessa di portarle in dono la collezione di *Mani di fata* di mia zia. A me non serve di sicuro. Io non amo fare lavori di cucito, ricamo o altre cose del genere. Per la verità nemmeno so rammendare...»

La Sanfilippo immediatamente allungò le braccia per raccogliere la collezione e disse: «Oh, ma è una rivista famosa, piena di belle foto e illustrazioni. Non ho mai avuto copie di *Mani di fata*. La ringrazio. Prego si accomodi, le offrirò un tè o un caffè, cosa preferisce?».

Il lungo corridoio era gonfio di scaffali e cassette traboccanti di documenti e si passava a stento in due. Gerarda notò però che il materiale era tutto etichettato e ben ordinato.

Marco le aveva seguite sorridendo alle osservazioni di Gerarda, che si complimentava per l'ordine in cui erano sistemate tutte le carte. Ogni tanto lanciava al giovane un'occhiata, era interessata a quello sketchbook che teneva in mano. La Sanfilippo fece un cenno al ragazzo come a dire che poteva congedarsi; quello ringraziò ossequioso e se ne andò.

«L'unico posto dove possiamo sederci comodamente è la cucina. Me ne scuso, ma la mia casa è anche una sorta di archivio...» spiegò la Sanfilippo senza mostrare il minimo imbarazzo, mentre la guidava nelle strettoie dell'appartamento.

Gerarda notò che la cucina era linda e ben attrezzata. Si sedettero attorno al tavolo bianco e la Sanfilippo allestì in pochi minuti un tè profumato al gelsomino e spiegò: «Nel condominio pensano che sono matta, ma io mi sono data un compito importante. Sto conservando per il futuro cose che adesso possono non contare nulla, e che però domani e dopodomani saranno considerate testimonianze preziose».

Le raccontò poi che la sua famiglia era di origine palermitana, una ricca famiglia imparentata con i nobili Sanfilippo, d'origine spagnola, arrivati in Sicilia alla fine del Duecento al servizio di re Federico II, da cui proveniva la cessione del feudo di san Filippo d'Argirò; e quindi i suoi posteri si chiamarono Sanfilippo e si sparsero a Palermo e in altre città siciliane. Della sua famiglia non rimaneva traccia, tranne una cugina che stava ancora lì, a Palermo, con la quale non intratteneva rapporti, anzi le stava proprio indigesta, perché era una puritana piena di belle maniere e nessun libero pensiero.

Dopo il tè Gerarda chiese di potersi aggirare tra gli ordinatissimi mucchi. Esaminando alcuni libri a un tratto esclamò: «Ma questa è una prima edizione di Gadda, *Il castello di Udine* del 1934!»

«Sì» rispose l'accaparratrice. «Una rarità. Ha anche l'autografo dell'autore. Ho parecchi esemplari preziosi. Per esempio, il materiale che ho prestato allo studente...» e si lasciò andare a un sorrisetto di soddisfazione.

Gerarda allora, insospettita, insistette un po' chiedendo di che cosa si trattasse e la Sanfilippo le raccontò di aver dato al ragazzo una raccolta di schizzi della Grazzini. Uno sketchbook con disegni e appunti quotidiani, che la Sanfilippo possedeva da quando l'aveva recuperato dalla spazzatura, tra carte e cianfrusaglie che il fratello aveva ammucchiato lì fuori per poi buttare tutto. E qui le raccontò che Mirri era intervenuto per "salvare" le opere e che c'era stata un'accesa discussione con il fratello di Adelaide, alla quale lei aveva assistito. Era rimasta così scandalizzata che – particolare omesso da Rodolfo – si era offerta di testimoniare in tribunale a favore di Mirri.

«Per quanto riguarda quello sketchbook non pensi che si tratti di un regalo. È un prestito» spiegò la Sanfilippo «che per Marco vale oro, e che gli permetterà di scrivere una tesi memorabile per la sua laurea specialistica. E sarà ancora più memorabile se il ragazzo riuscirà a decifrare le annotazioni che corredano gli schizzi. L'artista usava una sorta di scrittura simbolica, personale, fatta di appunti e disegni, che a prima vista è difficile da capire. Io non ci ho mai provato ma con un po' di pazienza… penso che ci si possa riuscire.»

«Chi altri è a conoscenza dell'esistenza di questo sketchbook?» chiese Gerarda.

«Nessuno. Cioè solo una persona che mi ha giurato di non parlarne…» rispose la Sanfilippo e aggiunse: «Non voglio storie con l'orribile fratello della defunta… Quell'uomo per avidità sarebbe capace di esigere anche quelli che gli ho sentito definire "stupidi scarabocchi"».

Gerarda appuntò mentalmente tutte queste confidenze, dovute al fatto che era nipote di Ginetta – con ogni probabilità – o forse anche perché aveva dimostrato interesse per la sua maniacale e monumentale collezione di carte.

Quando Gerarda uscì dalla casa dell'anziana signora, ebbe l'impressione che dallo spioncino della porta di fronte qualcuno la osservasse, e la Sanfilippo, che se ne accorse, disse a voce alta: «Non ci faccia caso, c'è gente che non può fare a meno di impicciarsi dei fatti degli altri e, anche se crede di essersi data una ripulita, non ha mai imparato l'educazione e non la imparerà mai!».

Gerarda comprese che la Sanfilippo si stava riferendo alle Signorine, le Meloni, sue dirimpettaie, che a lei erano solo sembrate innocue e complimentose.

Appena rientrata, sentì squillare il telefono. Doveva essere di nuovo la casa editrice. Nel frattempo si era attivata la segreteria, Gerarda non sentì però la voce dell'isterico Boschi, ma quella profonda come una buca alla ricerca dell'acqua e rauca per colpa delle sigarette Camel Light di Pinetti, il suo ex capo, e direttore dell'area libri, alias La Ciminiera.

«Gerarda, non fare i capricci, per favore. Capece vuole solo te e siamo disposti a pagarti una sostanziosa consulenza se rispondi ai suoi quesiti. Le solite querimonie, lo sai, però se non lo plachiamo ci manda ai matti. Rispondi oppure richiama più tardi.»

Gerarda non aveva nessuna intenzione di richiamare. E le salì alla bocca la nausea tipica da abbuffata di pesce crudo.

Non poteva fare a meno di ricordare che quando aveva proposto i titoli della nuova collana di gialli, tutti si erano accaniti contro di lei. Era stata sul punto di mollare, spazientita dalla guerriglia, quando spuntò un perfetto deus ex machina: un editor più anziano, vero intellettuale, uomo abile e diplomatico, convinto della bontà del suo lavoro e pronto a fare al suo posto tutto quello di cui lei non era capace, cioè gestire relazioni e rapporti, riuscendo a far passare le sue proposte al prezzo di qualche ingegnoso compromesso. Gerarda aveva fatto qualcosa che non era da lei: gli si era affidata, e i risultati si erano visti in fretta. Grazie alla mediazione dell'editor Enrico Pinetti, quello che poi sarebbe diventato il nuovo direttore dell'area libri, era riuscita a pubblicare quel che voleva, con qualche concessione lì e qualche altra là. La collana aveva esordito bene, e tra lei e Pinetti era nata una relazione, nonostante lui fosse sposatissimo e ben deciso a non lasciare la moglie per via dei figli e anche di un legame affettivo di lunga data. Gerarda aveva detto a se stessa che si sentiva abbastanza matura, indipendente e solida per gestire un rapporto del genere, ma con il passare del tempo si era resa conto di due cose: la prima, lei doveva sempre farsi trovare disponibile per riempire i piccoli vuoti coniugali dell'altro, infilandosi sottilmente nei dopolavoro, nelle trasferte pagate e nei meeting aziendali, scaricata ai compleanni, salutata di fretta a Natale, ignorata alla domenica; la seconda, La Ciminiera stava facendo carriera sempre più in fretta soprattutto grazie alle idee, ai giudizi e alle valutazioni che lei gli forniva a getto continuo. Nel giro di alcuni anni Pinetti era diventato il direttore editoriale della narrativa, e lei si era vista invece sfuggire di mano la collana. Il marketing aveva abbastanza voce in capitolo da pretendere che la sua collana, che pure andava bene, diventasse più redditizia e cominciasse a pubblicare romanzi d'ampio consumo, da edicole e supermercati. Le affiancarono un'altra assistente, emaciata e sterile, che lei soprannominò Il Pollo da Batteria, squittente come un topino bianco e abile come un'anguilla. Mentre meditava di lasciare la collana, si era accorta che il suo capo-amante, col crescere delle responsabilità aziendali, per lei aveva sempre meno tempo affettivo e la vedeva in privato soprattutto quando doveva spremerle qualche idea o chiederle dei pareri. Gerarda si ritrovava bloccata in un posto che non le piaceva, tra gente che le stava sullo stomaco, a scegliere titoli altisonanti e copertine lucide in rilievo, usata senza mezze misure da un uomo che puzzava di fabbrica in periferia e fiammiferi spenti la maggior parte del tempo.

La situazione di stallo si sbloccò quando Pinetti un giorno scivolò in ufficio e cadde malamente su un ginocchio tanto che dovette essere operato. Gerarda andò a fargli visita in clinica e ci trovò non solo la moglie, tipica *sciura* milanese, con foulard leopardato, scarpe dalle alte fibbie e pelliccia di visone pettinato, ma anche Il Pollo da Batteria, mingherlina e appuntita, entrambe in trepida attesa che l'operazione si concludesse al meglio. Allora aveva interrotto la relazione, forse suscitando il sollievo del suo amante, schiacciato ormai dalle sue donne come una soppressata calabrese.

4

Prima di andare a dormire Gerarda si preparò una tisana digestiva. Si sentiva piuttosto appesantita e aveva starnutito per una decina di minuti buoni.

Era venuta a cena quella sera la sua amica Gabriella, ex compagna di scuola, diventata docente universitaria alla Septième di Parigi, dove si era sposata con un altro accademico e aveva avuto ben quattro figli. Era una donna intelligente, ma non geniale, brillava poco, di luce opaca e riflessa, inseriva inutili parole francesi nei discorsi, si spegneva presto nelle sue invettive, dialogava allo stesso modo in cui guardava film svedesi a piedi nudi sul divano, con finto interesse, vestita sempre elegantemente accostando tonalità ben rodate. Abitudinaria pure nello sfoggio, ossessionata da perle coltivate e rossetti lucidi.

Aveva uno spiccato interesse per la mondanità, i party in terrazza ad aspettare i giri dei camerieri per assaporare tartine alla trota di fiume affumicata decorate con lime e sale all'aneto, e poi dire «Basta, grazie» al settimo vassoio. Veniva a Roma ogni tanto e naturalmente trovavano sempre il modo di vedersi. Era l'esatto opposto di Gerarda, ma per qualche strano motivo le due andavano d'accordissimo e si divertivano a farsi confidenze e scambiarsi battute acide sul prossimo. È vero che si vedevano di rado, e forse si amavano per quello. Al di là della patina mondana, Gabriella possedeva una solida cultura e un gusto letterario sopra la media. Gerarda poteva discutere con lei, prendendoli a morsi, degli ultimi libri usciti e di quelle perle rare che piacevano solo a loro: come i romanzi di Leonora Carrington, pittrice e scrittrice inglese, vissuta in Messico, che era stata amante di Max Ernst e poi moglie di un fotografo, e che aveva scritto *Il cornetto acustico*, in cui la protagonista era un'anzianissima signora molto sorda, che finiva per trovarsi a fare la fame in un centro per anziani gestito da folli scriteriati.

Tina aveva superato se stessa, preparando una cena fantastica ma non proprio leggera, a base di un primo costituito da un timballo verde alla romana, carciofi ripieni, baccalà mantecato (a volte per il pesce Gerarda faceva un'eccezione alla dieta vegetariana), un dolce portato in dono dalla sua commensale (la cassata siciliana della pasticceria Dagnino). Gabriella, che beveva come un alpino e mangiava come una iena pur restando sempre magrissima, le aveva decisamente fatto onore. Ma anche Gerarda aveva mangiato un bel po' e pure bevuto, contrariamente alle sue abitudini, e le due avevano riso e chiacchierato fino all'una di notte, abbandonandosi a un'orgia di pettegolezzi.

Una volta a letto il sonno di Gerarda risultò assai agitato, somigliando piuttosto a un incubo in cui qualcuno stava urlando a gola spiegata, come un capretto sacrificato sull'altare.

Gerarda balzò a sedere nel letto: non era un sogno, lei e tutto il condominio erano stati svegliati dalle urla laceranti dell'attrice e dall'abbaiare di Sissi: entrambe infatti stavano scendendo le scale della palazzina, senza mai smettere di strillare.

Gerarda si affacciò in vestaglia sul pianerottolo mentre diverse teste spuntavano dal vano delle scale.

Con Marco, anche lui uscito di casa ancora in pigiama, raccolsero letteralmente l'anziana signorina, che dopo la corsa a precipizio si era accasciata tra le loro braccia, e la portarono quasi di peso nel soggiorno di Gerarda, dove finalmente, tra un bicchiere d'acqua e uno di cognac, vennero a sapere che la Sanfilippo era morta.

Intanto altri vicini del piano di sopra si affacciavano alla porta di Gerarda, che era rimasta socchiusa, in particolare l'avvocatessa, già tutta un vapore e messa in sicurezza dentro un tailleur d'alluminio, pronta per andare in ufficio, e il professore in pensione, che quando usciva per prendere il suo caffè macchiato portava sempre con sé la cartella di pelle con dentro il giornale, rigorosamente *la Repubblica*. Nessun segno di interesse invece proveniva dall'appartamento del Monsignore che era proprio accanto a Gerarda.

Tutti attendevano la portinaia, che anche di fronte alla morte aveva il compito di sapere cosa fare. Poco dopo, infatti, mentre l'ex attrice non si era ancora ripresa per raccontare bene l'accaduto, senza mostrare alcuna emozione si presentò Luana, secca come una albicocca al sole, capelli lisci e molli, unti da giorni, tenuti indietro con un cerchietto perlaceo, una smunta faccina da nutria e una vestaglietta a fiori in estate, sostituita da un maglioncino infeltrito e gonna stazzonata in inverno. Quando era libera dal "servizio", però, la si vedeva uscire vestita con molta cura, in modo vistoso, accozzando colori indomiti come il verde pisello e l'arancione melone, con i capelli aggiustati da Betta, sua nipote, che faceva la parrucchiera a domicilio, per pigre e vecchine, e ogni tanto le guarniva la testa con terrificanti mèches gialle a strisce, facendola apparire come una triste tigre da circo. Però bisognava ammettere che teneva il condominio in modo impeccabile: curava alla perfezione il giardino, che veniva difeso con ferocia se qualche condomino si azzardava a toccare una foglia o a cogliere un fiore. Amava le sue ortensie come bambini tardivi e curava le gerbere come fossero una preziosa collezione d'argenti. Non aveva compagno o marito.

Si presentò con la sua solita vestaglietta e la scopa in mano e intimò: «Qualcuno vada a vedere se è vero!». Nessuno aveva pensato a quella banalità.

Marco corse di sopra, accompagnato dal professore in pensione del primo piano, e i due poco dopo tornarono giù pallidissimi, dicendo che bisognava telefonare alla polizia.

La povera accaparratrice di carte era per terra con la testa rotta.

Gerarda intanto teneva d'occhio Elsa Angelucci, che pur sconvolta era vestita come se dovesse andare a una cerimonia di premiazione con il suo perfetto chignon a ciambella. Anche Sissi era fuori di sé per lo spavento procurato dalle urla della sua padrona, però persino lei aveva il pelo bianco e gonfio ben acconciato. Gerarda cercò di capire qualcosa dalla ex attrice, che se pure turbata raccontò, tra lacrime e accenni di svenimento, che aveva un appuntamento con la Sanfilippo sul prestissimo, per accompagnarla con la sua scintillante Bianchina decappottabile anni '60 a fare una visita specialistica in un ospedale un po' distante. Non vedendo arrivare l'amica, di solito puntuale, aveva suonato alla sua porta, e non ricevendo risposta era entrata con la sua chiave.

Spiegò balbettando che entrambe avevano la chiave di casa l'una dell'altra, proprio per i casi di emergenza, eventuali dimenticanze, malori e simili amenità. Entrando nel corridoio l'aveva trovata in una macchia di sangue e con una pila di carte che le erano crollate addosso.

Dopo la telefonata al 112, prima di tutto i carabinieri si presentarono e riscontrarono che non era la solita bufala, come sempre quando giungevano allarmi da quei palazzi pieni di vecchiette eccentriche. Solo in seguito arrivò la polizia con due volanti.

A quel punto tutto il condominio brulicava di disperazioni e paure, come fossero lombrichi grassi e farfalline notturne.

La polizia procedeva rapidamente a svolgere la prassi di routine prendendo i dati di quelli che avevano visto la Sanfilippo nelle ore antecedenti il decesso. Per gli inquilini però era un fatto così insolito e drammatico che ne parlavano tra di loro stazionando nel cortile come statue di cera, senza riuscire ad allontanarsi da lì per riscaldarsi la brioche o lucidare gli specchi. Anche Gerarda declinò le sue generalità e riferì che aveva conosciuto la Sanfilippo da poco.

Era sulla porta di casa quando vide venire verso di lei quello che si presentò come il commissario Bruno Laguardia, lucano poco più che quarantenne, con barba spessa e graffiante, baffi nerastri e occhiali quadrati senza montatura. Aveva un'espressione fin troppo mite, pensò Gerarda, che non si fidava degli uomini tranquilli (per la verità di nessun uomo). E poi era vestito in maniera ovvia con un completo grigio antracite che gli stava sbilenco. Ma tutto di lui era storto e fuori asse, dal sorriso sguincio al taccuino macchiato che aveva in mano.

Dopo aver letto l'elenco delle persone coinvolte, la prima idea che gli venne in mente fu di interrogare proprio Gerarda, che ne rimase piuttosto seccata. Cominciò col chiederle quando aveva conosciuto la Sanfilippo e quando l'aveva vista l'ultima volta. Faceva queste domande con pazienza, in modo placido e quasi in tono distratto, come il ronzio di un televisore in sottofondo.

«Dunque, se non sbaglio lei ha dichiarato che è andata dalla Sanfilippo ieri pomeriggio… Non la conosceva bene, vero?»

«No, come ho già detto, l'ho conosciuta per la prima volta a casa di un'altra condomina, la signora Angelucci. Siccome sapevo che era interessata a collezionare carte, riviste, libri, le ho portato una collezione di *Mani di fata*, che era di mia zia e a me non interessava.»

«C'era qualcuno con lei quando è andata a portarle queste riviste?»

«Sì, c'era Marco De Petri, che abita qui al piano terra. Ma stava per andare via.»

«Ha idea di cosa ci facesse lì?»

«È uno studente universitario che s'ingegna a fare qualche servizio per queste anziane signore in modo da guadagnarci qualcosa. Sempre meglio che pulire i cessi.»

Quello continuava a fissarla quieto ma poi le chiese ancora con aria quasi svagata, da colibrì che vola senza meta, stavolta guardandosi attorno:

«Che tipo di servizi, la posta... la banca, quella roba lì? Tutte cose che alle persone anziane che vivono sole crea sempre qualche problema, non è vero?».

«Certo quella roba lì... Ieri ha accompagnato la collezionista di carta da qualche parte, ma non so dove...»

«Già» fece il commissario con un sorrisetto. «Questo collezionismo aveva un senso, secondo lei, o era solo un'assurda mania?»

«Tutte e due le cose» rispose secca Gerarda.

«Lo studente aveva rapporti speciali con la signora Sanfilippo, voglio dire più intensi che con l'altra anziana, la signora Angelucci?»

Le venne l'assurda tentazione di parlare dello sketchbook e di deviare le indagini verso l'omicidio non risolto che tanto l'appassionava, quello dell'artista. Ma la represse dicendosi che non c'era ragione di parlarne, anzi le venne da pensare che fosse importante continuare a proteggere l'esistenza segreta di quel dramma irrisolto.

«Credo di sì. I due erano in ottimi rapporti.»

Il commissario poi parlò con tutti senza tralasciare nessuno, con la perizia che si dovrebbe riservare al lucidarsi le scarpe per i matrimoni e una lenta determinazione da mangiatore di lumache. Gerarda lo osservava dalla finestra.

Immaginò che l'incontro dello studente con il commissario fosse stato tutt'altro che semplice e mansueto. Facile incolpare un ragazzo che aiuta le anziane signore e che magari conosce bene le loro faccende private. Come al solito la polizia faceva sfoggio della propria banalità da segnaletica stradale.

Quando il commissario andò via, l'ultima occhiata che le

lanciò fu lunga e appiccicosa e Gerarda provò quasi un brivido.

Aspettò con ansia l'arrivo della sua domestica, che le avrebbe portato le provviste e anche un po' di sollievo con le sue battute di buonsenso popolare.

Tina entrò carica di buste della spesa e vestita come al solito, con la sua ampia borsa finta Vuitton e i bracciali Gucci tarocchi, i tacchi spessi di legno alti un palmo e i capelli appiccicati sulla fronte.

«Che succede, signò? Che ce fa la polizia qua?»

«È morta la signora dell'attico...»

«Chi, quella matta che era piena di carte?»

«Se ne vanno sempre i migliori.»

«Be', ma come è morta?»

«Le hanno spaccato la testa, a metà.»

«Sul serio? Oh, io adoro Montalbano in televisione, ma un giallo vero non m'era mai capitato...»

Si era messa subito a lavare i piatti con vigorosa energia: «Le è piaciuta la cena?».

«Sì, era buona, magari andrei più leggera con il baccalà mantecato...»

«Signò, secondo me è stato l'assassino delle pensionate.»

«E chi sarebbe?»

«Quello che gira in tutti i quartieri... Che non lo sa?»

«...»

«Dice che vende le aspirapolveri, entra e zac!»

«...»

Aveva già finito di lavare i piatti e stava pulendo il lavello.

«Allora sa come si dice... chi amministra amminestra... potrebbe essere uno della banca!»

«...»

«Le banche c'entrano sempre qualcosa.»

«...»

«Oppure potrebbe essere il figlio delle due streghe, quelle vecchie brutte dell'ultimo piano...»

«Cioè?»

«Uno che si dà un sacco di arie!»

«Ah be', allora andrebbe mandata in prigione tutta l'editoria italiana.»

«Non l'ho mica capita, signò.»

«Meglio, molto meglio.»

Tina con grande energia provvedeva a pulire tutto e mettere in ordine ondeggiando come se ballasse.

Gerarda, guardando fuori della finestra, vide che il commissario stava parlando con la Angelucci, che si era appoggiata a un muretto per rimanere cosciente.

Bruno Laguardia non la mollava e la ex attrice sembrava sul punto di stramazzare al suolo.

Gerarda voleva sapere che aveva da dire il commissario e si ripromise di andare a trovarla il prima possibile. Le venne in mente *Maigret e la vecchia signora*, in cui Maigret veniva tratto in inganno da una anziana donna che si presentava all'inizio come vittima e poi invece era l'assassina. Simenon era abile a non far sembrare un giallo un vero giallo, ma vita comune, e qui si trattava di un delitto condominiale, una cosa davvero poco epica, nessun contrabbando di narcotici, nessun rapimento mafioso o rissa tra bande armate di spranghe e gas, sesso e droga in una sperduta zona industriale petrolchimica, le luci di san Diego sullo sfondo.

Di sicuro era qualcuno del posto. Di questo Gerarda era convinta. La Sanfilippo non avrebbe mai aperto la porta a un estraneo. Qualcuno doveva essere entrato con la chiave, cioè la Angelucci. Era sospettabile anche lei, ma con quale movente? E con quali forze fisiche, visti i suoi polsi da ballerina? Se la passavano bene entrambe e si facevano compagnia. Forse però poteva esserci della gelosia: era l'unico sentimento che riusciva a scatenare un omicidio, a parte il denaro. Magari aveva chiesto a qualcun altro di colpirla. Ma francamente di cosa mai sarebbe potuta essere gelosa? La vecchia Sanfilippo a malapena arrivava a farsi il tè al gelsomino in cucina e aveva pile di riviste che le toccavano le caviglie pure alla toilette.

Il movente non poteva che essere il denaro... Il pensiero andò al libro di Gadda.

Ma nessuno avrebbe ucciso per quello, tranne lei stessa probabilmente.

«L'ha conosciuto il commissario? Bell'uomo, eh?»

«Bell'uomo mi pare esagerato... sembra sempre distratto.»

«È il mestiere suo fare il gatto morto! Si vede che lo sa fare bene...»

Tina sorrideva ammiccante.

«Sarà sposato?» chiese.

«Sì, gli ho visto la fede al dito. Tina, non mi dirai che t'interessa» rise Gerarda.

«No, Renzo mio mi farebbe la pelle» rise a sua volta Tina.

«Ma se Renzo tuo è un pezzo di pane...» ribatté Gerarda.

Tina aveva sposato Renzo, che a Roma faceva il servizio militare: vent'anni lui, diciotto lei. Era rimasta incinta. Si erano comprati una piccola casa e relativo mobilio (mutuo e rate) alla

Pisana, più la macchina, una Fiat Punto. Inoltre erano riusciti a far studiare il figlio grande, che aveva preso il diploma di geometra e lavorava, ma viveva ancora con loro. I due genitori speravano di far andare all'università le figlie piccole, le due gemelle quindicenni, ma Gerarda pensava che s'illudessero. Sarebbero finite a fare le commesse di cover per i cellulari.

Il marito di Tina amava gli animali e in casa avevano due bestie che solo lui, francescano e mite, poteva tenere insieme: Zoro, un dogo argentino, e una gattina di strada che, per ignote ragioni, era stata chiamata Federica.

5

L'inquilino del primo piano aveva riaccompagnato l'attrice a casa, dove alla Angelucci era stato somministrato un tranquillante. Gerarda aveva infatti visto dalla finestra accorrere la dottoressa della mutua, tonda come una pesca e navigata come una barca da pesce azzurro, il cui studio era dall'altra parte della strada. Doveva averla chiamata la portinaia.

Verso la fine del pomeriggio Gerarda decise di salire. Trovò l'attrice in vestaglia di seta, decorata da grossi fiori rossi su sfondo nero, con un'aria tutto a un tratto invecchiata, ma placida, seppur tirata nei lineamenti. Il famoso chignon era alquanto fuori centro.

Mentre Gerarda le preparava una tisana allo zenzero, visto che l'Angelucci non voleva mangiare, l'ex attrice tirò fuori una grande scatola piena di fotografie e cominciò a cercare quelle dove apparisse la Sanfilippo. Le due erano amiche da molto tempo, pensò Gerarda, due pomelli di mobili diversi nella stessa casa, invecchiati insieme, carichi della medesima polvere.

La Angelucci mostrò a Gerarda una propria fotografia da giovane, bellissima, magnetica come Brigitte Bardot, nel riquadro di una finestra di casa, e poi un'altra dell'amica Gisella, sul balcone dell'attrice, che sfoggiava una faccia severa con in testa la stessa pettinatura di tutta la vita. Le due foto erano state scattate con una Polaroid. Il senatore Antenore Capobianchi le aveva regalato quel prodigio dell'innovazione, e lei aveva fotografato tutto e tutti: gli inquilini, la gente del quartiere o i suoi colleghi di lavoro. La sua passione era prendere immagini quasi a tradimento, cogliere occhiatacce, spalle basse, capelli mossi, sguardi persi nel vuoto.

«Gisella era l'unica che mi frequentava, a quei tempi, in tutto il condominio. Un po' perché facevo l'attrice di fotoromanzi e un po' per via del senatore che mi aveva regalato questo appartamento, qui non mi vedevano molto di buon occhio. Altri tempi...»

«Gisella non era una persona comune» aggiunse Gerarda convinta.

«No, era una donna straordinaria» disse la Angelucci commossa e aggiunse dopo aver inghiottito il dolore: «Gisella ha sempre visto le cose diversamente da tutti gli altri, nel bene e nel male».

Cominciò a raccontare.

«Era venuta a Roma da Palermo per fare l'università. I genitori erano ricchi borghesi, colti e molto perbene, evoluti per quell'epoca, e quando l'hanno mandata a studiare a Roma le hanno perfino comprato l'appartamento nell'attico, dove è rimasta per tutta la vita. Da sola, perché di uomini non ne ha mai voluto sapere. Qualche volta mi sono perfino chiesta se non le piacessero le donne... ma poi ho capito che non le piacevano né donne né uomini, non era proprio interessata all'amore, e meno che mai al sesso. Non mi guardi così, Gerarda, anche se sono vecchia chiamo le cose col loro nome. Però Gisella aveva delle passioni: la scuola, per esempio. I suoi allievi la adoravano, anche se era severissima. E poi, naturalmente, la sua collezione di carte. Per fortuna non le mancavano i soldi: aveva tre appartamenti oltre questo dove abitava, li ha comprati quando ha ereditato: era figlia unica, sa...» e qui si fermò sospirando e tirando fuori altre foto dell'amica, e poi continuò. «Gli affitti le facevano comodo perché con lo stipendio di professoressa e poi con la pensione non si sarebbe potuta permettere di comprare tutti quei libri...»

«Avevo capito che li trovasse in giro.»

«Certo, li raccattava da tutte le parti, a volte credo che li abbia perfino rubati, pur di averli, e la maggior parte delle sue carte le ha semplicemente... raccolte, ecco. Ma aveva la mania delle prime edizioni, solo quelle dei suoi autori preferiti, però, e quando trovava da comprarle spendeva una fortuna. Aveva un rapporto con i soldi davvero strano» e poi aggiunse quasi sussurrando: «Per esempio voleva sempre denaro contante. Era fatta così...».

A quel punto suonarono al campanello ed Elsa ebbe un sussulto, come se temesse l'arrivo della polizia.

Gerarda disse: «Vado io».

Quando aprì, vide il professor Enzo Germano vestito di tutto punto con un completo blu di fresco lana e camicia rosso vinaccia, capelli bianchi lisci ben pettinati all'indietro, guance e punta del naso spruzzati di rosso, tanto che Gerarda pensò che fosse un forte bevitore.

Il professore, anche se aveva la stessa età della Angelucci, pensava di essere un grande seduttore, teneva spesso gli occhi fissi sulle persone, come chi crede di provocare piacere nel proprio interlocutore. Purtroppo covava questa ingiustificata convinzione da tutta una vita. Aveva insegnato matematica molto svogliatamente, sorseggiando caffè a intervalli regolari, nei licei classici di Roma, dove il numero delle sue ore era pari a quello delle ore di educazione fisica, e ai consigli di classe le molto più quotate insegnanti di latino e greco lo sbeffeggiavano per i suoi registri lindi e le sue cravatte a righine. A scuola le ragazze, nel pieno di anni confusi e gracidanti, mostravano di essere vispe come marmotte di montagna, ma parimenti disinteressate alle equazioni, e lo adulavano complimentandosi con lui per i suoi sempre monotoni abiti da lavoro che passavano dal grigio roccia al grigio polvere. Germano se ne rallegrava e cercava sempre di accontentarle con una sufficienza.

«Elsa come sta?» chiese preoccupato.

«Meglio, mi sembra...» borbottò Gerarda. I suoi nervi erano provati da quel viavai condominiale.

Lui entrò con fare sollecito e si precipitò nella sala da pranzo dove Elsa stava morbidamente abbandonata sul divano con la scatola delle foto sulle ginocchia.

«Che succede Elsa?» chiese allarmato. «Perché cerca tra le foto?» Si davano ancora del lei.

«Oh, Enzo, sono ricordi della mia cara Gisella...»

«Capisco, ma è meglio mettere via tutto... Se viene la polizia...»

«Perché dovrebbe venire qui da me? Non l'ho mica ammazzata io!» si ribellò lei.

«Lo so benissimo e so che le era affezionata. Ma non è il caso di rimestare troppo nel torbido...» ribatté il professore.

«Perché? Di quale torbido va parlando?» chiese Gerarda.

«Insomma, mi sembrate due ragazzine! Non vi rendete conto che la polizia potrebbe sospettare anche di Elsa per via dei soldi?»

«Quali soldi?» chiese Elsa, inebetita dallo stupore.

«Quelli rubati!» ribatté il professore irritato.

«Ma per favore!» intervenne Gerarda. «Questa è pura fantasia! A parte che ancora non è dimostrato che cosa sia stato rubato e se ci sia stato un furto... e poi dovrebbero dubitare di una donna anziana amica intima della defunta? Non per dire, signore, ma ci vuole una certa forza per spaccare una testa, noi si fa fatica persino con i meloni.»

«Un poliziotto è in grado di dubitare di sua madre, e non bada all'età, anzi pensa che più si va avanti con gli anni e più si diventa spudorati.»

«La spudoratezza fa girare senza mutande, non rompere le teste» disse Gerarda innervosita.

Elsa Angelucci intanto, intontita dai farmaci e dalle tisane, aveva preso in braccio Sissi e la carezzava con insistenza, ma la cagnetta si ribellava tirando di qua e di là.

Il professore guardò Gerarda con un certo astio e replicò indispettito:

«Cara signorina,» e calcò la parola *signorina* «io ho sentito che cosa ha raccontato Elsa ai poliziotti. Non ha fatto alcun cenno alla discussione tra lei e Gisella su quel denaro...»

«Quale discussione?» chiese Gerarda incassando il colpo.

«Ma non potevo raccontare tutto... Quelli avrebbero subito pensato che il colpevole è il povero Marco...» si ribellò la Angelucci.

«Lo faranno comunque, mi creda...» replicò amara Gerarda.

Il professore era diventato ancora più rosso dall'emozione e riprese la sua rampogna diretta soprattutto a Gerarda.

«Voi due continuate a non capire. Mi ha raccontato Elsa stessa che la Sanfilippo non amava molto andare in banca e se possibile si teneva in casa i soldi in contanti degli affitti che ritirava ogni mese riscuotendo gli assegni circolari, e anche i soldi della pensione. Però stavolta si trattava di una discreta somma, almeno centomila euro, perché era il frutto di una vendita e lei aveva insistito con la banca per ritirarli tutti! Elsa le ha detto che non poteva assolutamente tenere in casa una somma del genere e si è rifiutata di accompagnarla a prendere i soldi, ecco perché Gisella si è fatta accompagnare da Marco.»

Elsa si sentì in dovere di spiegare: «Io mi sono così pentita di aver discusso con lei proprio prima della sua morte! Non mi era mai capitato, ma era una assurdità, tutti quei soldi tenuti in casa...».

E a quel punto la Angelucci cominciò a singhiozzare. Il professore immediatamente le offrì il fazzoletto che aveva nel taschino.

«Sarà il caso di avvertire subito la polizia di questa storia» dichiarò Gerarda, che se prendeva una decisione diventava dura come un vasetto di coccio, e, mentre la Angelucci piagnucolava, senza aspettare un minuto telefonò al commissariato.

Il professore, irritato, la piantonò per ascoltare che cosa dicesse, senza curarsi di confortare la Angelucci.

«Il commissario Laguardia per favore. Sono Gerarda Greco...»

Attese un bel po' e stava per riattaccare quando sentì la voce di velluto del commissario, con quel suo tono ipnotico e tenero, tipico dei serpenti prima di morderti.

«Salve Gerarda... Dove si trova, dalla signora Angelucci?»

«Come fa a saperlo? Mi spia?» chiese Gerarda indispettita.

Sentì una risatina dall'altra parte: «Non si arrabbi. L'ho immaginato! Io ho una bella immaginazione... Ma lei lo sa che sono amico di suo fratello?».

Gerarda diventò rossa in viso.

«Davvero? No, non lo sapevo, anche se forse avrei dovuto intuirlo...»

Gerarda dimenticava spesso di avere un fratello nella polizia, ma in effetti non si frequentavano molto, di recente.

Gaspare somigliava al padre: un alto pioppo, di bell'aspetto, decorato però dagli occhi chiarissimi della madre. Gerarda ripeteva sempre che nella loro famiglia, come in natura, erano i maschi a essere belli e appariscenti, come i leoni, i pavoni, perfino i merli e i modesti passeri.

Quando era nato, Gerarda aveva quattro anni, non l'aveva mai odiato, non l'aveva mai amato.

Lei leggeva fino a farsi venir mal di testa, lui correva nei campetti sportivi, lei nascondeva nell'armadio opuscoli d'arte su Caravaggio, lui seguiva le femmine dietro ai muri dei palazzi.

Gaspare aveva paura dei temporali, Gerarda saliva sui tetti, vedeva film dell'orrore a luci spente, e nelle nottate in cui tuoni e fulmini si sprecavano il fratello andava a nascondersi con lei sotto il letto. Da adulti, invece, Gaspare era diventato protettivo nei confronti della sorella che riteneva una persona, nonostante le coriacee apparenze, abbastanza indifesa. Una testuggine centenaria.

Avevano avuto per lungo tempo rapporti cordiali, ma distanti, come corsie di un'autostrada separate da ricche fioriere verdeggianti.

Non vivevano nella stessa città e a riavvicinarli era stata la morte dei genitori.

Poiché Laguardia dichiarava di conoscerlo, Gerarda pensò che avrebbe notato quanto lei e il fratello fossero diversi. Gaspare era pieno di amici, con una vita sociale piuttosto intensa e una grande facilità a rapportarsi con gli altri. Riusciva simpatico a tutti, era benvoluto o addirittura amato da chi lavorava con lui, e piaceva molto alle donne. Anche lui però non era ancora sposato, era andato due volte a un passo dall'altare.

Veniva considerato un funzionario brillante, vicino alla promozione a vicequestore. Al momento Gaspare era capo della squadra mobile di Bolzano, una città che gli piaceva fino a un certo punto perché si sentiva un uomo del sud: non sopportava il freddo, amava il mare, odiava la neve e detestava i canederli. L'olio d'oliva se lo sarebbe bevuto a bicchieri e avrebbe messo i capperi anche nel caffellatte.

Quando si era laureato in legge, il padre aveva pensato che avrebbe preso la sua stessa strada e già si preparava a cedergli lo studio da notaio; la sua decisione di entrare in polizia aveva colto di sorpresa sia i genitori che la sorella.

Anche Laguardia in quel momento stava pensando a Gaspare. In passato aveva lavorato con lui e aveva molta stima del fratello di Gerarda, pensava che il collega nutrisse un fortissimo senso della giustizia. Laguardia intendeva saggiare le potenzialità d'informatrice, interna alla situazione, di Gerarda, sventolandole davanti il drappo rosso del mistero dell'omicidio della Sanfilippo come a un toro pronto a scattare.

«Lo conosco da parecchio tempo. Ma piuttosto, mi dica, ci sono novità sul fronte del condominio?»

«Be', c'è una novità non di poco conto. Gisella Sanfilippo quella sera aveva in casa più di centomila euro per una vendita...»

«Lo sapevo già. Ma lei come lo ha saputo?»

Gerarda colpita nell'orgoglio rimase muta per un istante.

«Chi glielo ha detto? Non si preoccupi, non abbiamo nessun sospettato per ora...»

«L'amica della Sanfilippo, Elsa Angelucci.»

«I soldi sono spariti ovviamente. Questo è il movente o almeno sembra...»

«Perché dice "sembra"?» chiese Gerarda.

«Non mi pare un omicidio legato solo ai soldi. La defunta era una persona molto particolare direi... Non crede?»

«Sì, era una persona originale, ma non una pazza» specificò Gerarda, che ci teneva a certe distinzioni.

«Non ho detto questo...» Si sentì un brusio di voci. «Devo salutarla.»

Gerarda rimase col ricevitore in mano.

Intanto si ritrovò accanto il professore che la guardava aggrottato.

«Che cosa ha detto?»

«Sapeva già dei soldi...»

«Ha nominato Elsa?»

«No. Non è sospettata, se è questo che la preoccupa!» ribatté Gerarda infastidita dalla sua solerzia da pesce bollito.

«Meno male» borbottò il professor Germano.

Gerarda, incupita ma anche molto sollecitata da quanto aveva sentito dal commissario, salutò Elsa promettendole che sarebbe venuta a trovarla presto.

Il professore l'accompagnò alla porta e una volta sul pianerottolo le disse: «Lei conosce il commissario?».

«L'ho visto qui per la prima volta, però è un amico di mio fratello...»

«Ah, bene. È sempre meglio avere qualche aggancio in questi casi...»

«Quali casi?» chiese Gerarda.

«Quelli in cui si può essere sospettati.»

«Non credo sia il nostro caso, francamente.»

«Non si sa mai» rispose secco il professore, chiudendole la porta in faccia.

6

Due giorni dopo il delitto, la polizia, che aveva già perquisito l'appartamento della Sanfilippo, a causa dell'informazione relativa alla riscossione dei centomila euro, compì una seconda e non facile indagine passando la casa di carte e trine al pettine fitto e rivoltando persino i vasi del terrazzo, le camelie rosa e quelle bianche. Ma i soldi non c'erano più, e nemmeno il borsone, che apparteneva allo studente, dove erano stati riposti. Il ragazzo sosteneva di averlo lasciato alla Sanfilippo perché lei glielo aveva chiesto come soluzione provvisoria. Intanto era stata stabilita l'ora della morte, che risaliva alla sera prima del ritrovamento, verso le undici o mezzanotte (Gerarda lo venne a sapere dai giornali, che si erano avventati come cani da fiuto e da caccia sul curioso caso e la curiosa vittima); ovviamente la polizia stava verificando l'alibi di tutti i condomini.

Gerarda poté esibire il suo, ovvero la cena con Gabriella. L'attrice, invece, era andata a giocare a burraco a casa di Enzo, e in pratica l'unico senza alibi, perché oltre a vivere solo era rimasto a casa a studiare e nessuno l'aveva visto o gli aveva telefonato, era lo studente.

Il Monsignore del piano terra l'aveva incontrato sul pianerottolo mentre Marco tornava a casa dopo essere stato dalla Sanfilippo, ma purtroppo non significava niente perché avrebbe potuto uscire di nuovo più tardi. Il suo monolocale venne inutilmente perquisito, e di ritorno dal commissariato, dove era stato lungamente interrogato, il ragazzo si chiuse in casa, mentre i giornalisti infestavano come malerbe il condominio e la strada, intervistando passanti e residenti, facendo riprese televisive del cortile, delle rigogliose piante, dei balconi e delle finestre socchiuse, e soprattutto della portinaia.

Luana conosceva bene l'ambiente in cui si era svolto quel delitto efferato e perciò era al centro degli interessi dei media, quale collettore dei pettegolezzi di zona, che condiva di fantasiosi dettagli, come fossero insalata di finocchi.

Ne approfittava anche per raccontare ai giornalisti del suo sogno immarcescibile: partecipare, un giorno, a Masterchef o a qualche altro reality culinario. La sua passione, oltre alle piante, era infatti la cucina, il suo idolo era Antonella Clerici. Benedetta Parodi non le piaceva e secondo lei aveva un'aria da nutria e un sorrisetto impertinente. Ogni giorno alle 13 Luana chiudeva la sua guardiola foderata di immaginette di Padre Pio (a cui era molto devota) e correva a vedere *La prova del cuoco*, equivalente quotidiano della Santa Messa. Dalla sua casa, che era di fronte al casotto della guardiola, venivano spesso odori molesti: puzze di fritto bruciato, intrugli a base di rape rosse cotte e stracotte, intingoli segreti, composti da uova di lompo e caffè, per condire maleodoranti broccoli verdi. Luana aveva numerosi parenti e amicizie nel circondario a cui sottoponeva i suoi ambigui esperimenti.

Dai giornali, oltre ai desideri reconditi della portinaia, i condomini erano venuti a sapere che la porta e le finestre della defunta non presentavano segni di scasso e che quindi la vittima stessa aveva fatto entrare l'assassino. E quanto all'arma del delitto, non era stata ancora ritrovata e non si aveva nemmeno idea di cosa fosse. Nelle redazioni dei quotidiani, inoltre, qualcuno si era ricordato del delitto Grazzini sottolineando che anche lì si era trattato di una donna sola, derubata, uccisa con un colpo in testa, e senza segni di scasso.

Rodolfo e Gabriella telefonarono a Gerarda, più scherzosi che preoccupati: Gabriella si vantava di averle fornito un alibi a prova di Scotland Yard, Rodolfo la prendeva in giro per i suoi trascorsi con Capece invitandola a scendere finalmente in campo contro il crimine.

«I condomini degli orrori sono i luoghi adatti per le detective non più giovanissime, farai faville» le aveva detto.

Gerarda gli aveva attaccato il telefono in faccia.

Quanto all'Angelucci, mentre Marco era di nuovo trattenuto in commissariato per l'interrogatorio, venne a bussare da Gerarda e si mostrò vestita di nero ma con un turbinio di pizzi e velette, che avrebbe dismesso a breve per tornare ai cangianti colori di prima.

Gerarda la fece accomodare in salotto e purtroppo anche Sissi si piazzò sul divano color panna. Gerarda la fece scendere con un tempestivo colpetto lanciandole un'occhiata funesta.

«Mia cara, sono assai preoccupata per il povero Marco. Sono sicura che non può essere stato lui...»

E le raccontò con dovizia di particolari la vita del ragazzo, il quale, come Gerarda già sapeva, veniva da una cittadina dell'Abruzzo, a suo dire, molto pretenziosa. Il padre lavorava in un'officina come meccanico, mentre sua madre faceva la sarta. Aveva due sorelle, entrambe più grandi di lui e già sposate e ciascuna con un figlio piccolo. Marco era considerato il genio della famiglia, quello che avrebbe dovuto fare carriera. Era proprio un bravo ragazzo che non voleva pesare più di tanto sulla famiglia e quindi si arrangiava a modo suo.

«Fa il dogsitter, il tuttofare per noi signore anziane, in più dà anche ripetizioni ai ragazzini del quartiere, quelli in difficoltà con i compiti. Piace a tutti, è un ragazzo così gentile. Si è appassionato alla storia di Adelaide Grazzini tanto da fare la tesi su di lei. Gli manca solo un esame alla discussione. La proposta della Grazzini era piaciuta al suo docente, ma gli ha chiesto di portargli più documentazione... Non è orribile che sospettino proprio dell'unico maschio decente del circondario?»

«E l'intramontabile charme del professore?» domandò malignamente Gerarda.

Elsa sorrise compiaciuta, ma rispose:

«È un'altra storia... e poi di lui non sospetta nessuno, è un pensionato che non ha bisogno di nulla, sta anche bene di famiglia...».

«Siamo certe che Marco piaccia a tutti qui nel condominio?» chiese Gerarda.

«Be', c'è anche gente molto tradizionale. Per esempio le due Signorine, quelle che abitano di fronte all'appartamento della povera Gisella, lo guardano sempre con sospetto e non lo salutano mai. Secondo me perché sono molto anziane e di idee assai ristrette. Magari lo vedono vestito senza cura e a loro non piace. Il figlio della più giovane delle sorelle è un tale bifolco, però va sempre vestito come un damerino, completo scuro, camicia e cravatta...»

«Ha accompagnato la Sanfilippo in banca a prendere quel contante, contante che poi è sparito. Non ha alibi, era l'unico oltre a lei a sapere dei soldi. Per la polizia è come fare due più due.»

«Oh, sarebbe orribile se finisse in galera quel povero ragazzo! Che cosa possiamo fare?»

Gerarda non sapeva come consolarla, e l'Angelucci se ne andò a casa avvilita poco dopo, ma non senza aver lasciato un "regalino": un vomitino di Sissi, sul tappeto azzurrino.

«Oh, mi dispiace tanto!» sospirò l'anziana. «Deve aver mangiato come al solito i gerani del terrazzo...»

Gerarda provò l'impulso di lanciare il cagnetto giù dal balcone, poi si ricordò che abitava al piano terra.

Verso sera, quando i giornalisti ebbero tolto l'assedio, andarono insieme dal ragazzo, cui l'ex attrice aveva portato una vaschetta di involtini al prosciutto e della peperonata per "tenerlo su". Marco si disse innocente e spiegò che dopo aver avuto lo sketchbook della Grazzini aveva passato la serata a studiare gli schizzi e a fare ricerche online. Li aveva osservati a lungo, scoprendo che alcuni erano veri e propri studi preparatori per ritratti più importanti, che lui aveva visto quando era andato dal vecchio amico del cuore dell'artista: i ritratti per i quali era in corso una causa nella quale la Sanfilippo avrebbe dovuto testimoniare. Altri invece erano appunti e studi che non avevano relazione con dipinti già noti.

La Angelucci sfogliando lo sketchbook si soffermò a guardare alcuni disegni che riguardavano la figura di un bellissimo ragazzo nudo.

Quando la vide intenta a occhieggiare glutei e peli pubici, Gerarda osservò ironica:

«Non è un po' troppo giovane per lei?».

«Di sicuro, però penso di sapere chi sia questo ragazzo...»

Proprio in quel momento sentirono suonare alla porta. Era la polizia che veniva di nuovo a cercare lo studente, perché le Signorine Meloni si erano decise a testimoniare di averlo sentito salire all'attico poco prima del delitto, e poi di averlo sentito scendere. Ovviamente avevano guardato dallo spioncino sia prima che dopo, come facevano sempre a ogni minimo rumore, quindi erano certe che si trattasse di lui. La loro testimonianza aveva portato a un fermo precauzionale (non ancora un vero e proprio arresto, quindi). Marco quando capì che si trattava della polizia, consegnò lo sketchbook a Gerarda dicendo: «Lo tenga lei, per favore. Lo metta al sicuro, non vorrei che me lo sequestrassero; non ho avuto neanche il tempo di fotocopiarlo».

Gerarda lo prese senza esitare, non tanto per solidarietà quanto perché non vedeva l'ora di passarlo al setaccio, come si fa con la farina per dolci, appena rientrata a casa sua.

Era molto strano che le due Signorine avessero affermato il falso, pensò Gerarda rientrando in casa. A quale scopo? Allora perché Marco era tornato di sopra e non lo aveva dichiarato prima? Gerarda era molto perplessa. Poi si ricordò di quello che aveva detto la Angelucci sul disegno e lo cercò nello sketchbook. Chi era quel giovane?

Le sembrava assurdo pensare a quel ragazzo pallido, sciatto e incapace di prendere a calci persino le porte, come a un assassino. Oltre il movente ci voleva la personalità criminale, che poteva ben nascondersi, ma che doveva almeno trapelare nell'astuzia o nella premeditazione, nel trovarsi un alibi che non fosse «ero da solo a casa mia».

Le venne in mente allora una discussione piuttosto accesa che aveva avuto con l'ineffabile Capece, i cui gialli erano pieni di frasi mal poste, incongruenze, banalità, torrenti di refusi e assassini prevedibili, nonché poliziotti vestiti di pelle, ammiccanti ore passate nei bar a "mischiarsi con la plebe", mogli tradite sempre con stangone interessanti come anatre da stagno.

Di personalità criminali Capece infatti non capiva assolutamente nulla. Nelle trame elaborate da lui, l'assassino era così scontato, che in pratica si autodenunciava a pagina 3: odiava la vittima da cui aveva avuto un sopruso, covava rancori, vestiva di nero e girava la notte, per caso possedeva una pistola.

«La banalità è il veleno del giallo» gli aveva detto Gerarda un giorno.

Neanche l'avesse evocato con quel pensiero, squillò il telefono.

Era la Ciminiera, ancora. Scattò la segreteria.

«Se non rispondi, ti mando Capece.»

Gerarda rispose subito.

«Allora? Ti ricordo che sono felicemente pensionata! C'è Boschi lì apposta.»

«Non è colpa mia se Capece pensa che tu sia l'unica al mondo che possa mettere le mani sui suoi preziosi romanzi...»

«Vorrà dire che non scriverà più. Trovatevene un altro. Non è una rarità. Di gente che scrive malissimo è pieno il mondo.»

«Non fare la stupida. Le vendite vanno a gonfie vele... e poi stanno facendo un film per la TV dal suo primo romanzo.»

«Non mi meraviglia dato il gusto prevalente per la monnezza. Peccato che Capece sia completamente andato, consumato. L'ultimo romanzo l'ho riscritto completamente.»

Pinetti scoppiò a ridere: «Allora vuol dire che sei tu il nostro autore in realtà... Ti faremo un contratto molto conveniente».

«Non ne ho bisogno. I contratti e le agevolazioni andavano fatti a tempo debito. Trovate qualcun altro, potrei suggerirvi...»

«Chi, per esempio?»

«Non so, qual è la tua amante attuale? C'è ancora il Pollo da Batteria o è sopraggiunta la Dodicenne con le trecce? Chiunque sia, è una vostra dipendente, io no.»

«Lascia perdere le battute, per favore» rispose Pinetti irritato, abbandonando il tono al miele e rose di prima.

«Ho detto che non lo farò, addio e buoni bestseller!» e attaccò la cornetta del telefono.

Per dimenticare si mise a leggere Katherine Mansfield. Parlava del divertimento nel preparare un ottimo budino di fango. Anche lei da piccola ricordava di averne preparati in gran quantità dentro a piattini rossi o blu. Per poi darli da mangiare al fratello, aggiungendo la crudele frase: «Assaggia, hanno lo stesso sapore della cioccolata».

7

«Gaspare? Sono io.»

«Gerarda! Che bella sorpresa. Non mi chiami mai. Ora però sono un po' incasinato. C'è qualche novità?»

«Be', ci sarebbe una faccenda importante di cui vorrei parlarti.»

«Non sarà mica per quel delitto avvenuto nel tuo palazzo? Mi ha già chiamato Laguardia.»

Gerarda rimase gelata da questa notizia e quasi attaccò il telefono in faccia al fratello.

«Perché diavolo ti ha chiamato?» chiese infastidita.

«Non ti arrabbiare, eh. Ecco, in realtà, ci conosciamo molto bene con Bruno. Però ti richiamo tra pochissimo. Ora ho gente qui. Va bene?»

«Fa' come ti pare» borbottò lei attaccando il telefono.

I loro genitori, Gualtiero e Antonietta, erano di Lecce e appartenevano a due famiglie borghesi e benestanti, ma molto diverse. In quella del padre c'era una vena di eccentricità che rimbalzava di generazione in generazione (anche se a volte ne saltava una) e veniva tramandata nelle leggende di famiglia. Del nonno Gerardo, del quale la nostra eroina portava il nome, si raccontava che dopo essere diventato avvocato avesse aperto uno studio dove passava gran parte della giornata, leggendo o facendo le parole crociate. Ai possibili clienti andava ad aprire lui stesso, in pantofole, e diceva: «L'avvocato Greco non c'è». Gerarda lo ammirava moltissimo.

Il padre di Gerarda, Gualtiero (per tradizione di famiglia i Greco avevano sempre nomi di battesimo che cominciavano per G, come il cognome), sembrava invece un campione di normalità: alto, bello, distinto, con sottili baffetti alla Clark Gable, aveva studiato legge a Roma e si era mantenuto da solo lavorando in uno studio notarile, mentre si preparava a diventare notaio a sua volta. Come tutti gli italiani della sua generazione, era partito per la guerra, pur essendo antifascista, e dopo l'otto settembre si era ritrovato a combattere insieme agli Alleati in risalita verso il nord, lungo l'Appennino, un periodo di cui non parlava mai. Di carattere sereno, tollerante e affettuoso, al ritorno dalla guerra si era sposato con una compagna di liceo, il suo primo amore: una ragazza piccola e bruna, non particolarmente graziosa ma con due occhi celesti che lui definiva "occhi svevi". Lei, Antonietta, era placida e allegra, sotterraneamente appassionata, e aveva un'autentica e gioiosa vocazione per la vita domestica. La sua famiglia, al contrario di quella del marito, era enorme, tentacolare, rumorosa, un clan dominato dalla più totale solidarietà, in cui ognuno si faceva con impegno i fatti di tutti gli altri. I genitori di Gualtiero nel frattempo erano morti. Forse era stato anche per sfuggire all'abbraccio soffocante della famigliona di Antonietta che i due avevano deciso di vivere a Roma, dove erano nati prima Gerarda e dopo Gaspare.

A Roma abitava anche la sorella del padre di Gerarda, la

famosa zia Ginetta, che sembrava avere ereditato tutta la sottile vena folle di famiglia. Diceva che fare sesso era «come bere un bicchiere d'acqua» e faceva bene alla salute. In effetti era vissuta fino a novant'anni passati, mantenendo l'elegante postura (schiena drittissima) che aveva sempre avuto e restando capace di fare la spaccata fin quasi a ottant'anni. Gerarda aveva ovviamente adorato la zia, sia da bambina (quando un padre divertito e una madre tollerante ma perplessa portavano lei e il fratello a trovarla), che da adulta, quando si era particolarmente avvicinata a lei dopo la morte violenta dei genitori. Entrambi, infatti, erano deceduti a settantacinque anni in un incidente stradale, mentre andavano a trascorrere l'estate nell'unica proprietà di famiglia rimasta, una casa nella frazione campestre di Depressa, comune di Tricase.

Dopo circa un quarto d'ora Gaspare richiamò.

«Gerarda! Allora, spero che tu abbia capito che Bruno Laguardia è un mio ex collega a cui sono molto legato. Mi ha telefonato per dirmi di averti conosciuta. È il commissario incaricato delle indagini per quel caso nel tuo condominio.»

«Ma pensa... Be', ha l'aria di dormire in piedi. Il ragazzo arrestato è innocuo e le due testimoni sono delle vecchie beghine spione.»

«Chissà per quale motivo la gente pensa sempre che la polizia sia incapace! E poi è il giudice a decidere l'arresto, e soprattutto il fermo non è ancora un arresto. Laguardia è un uomo tutt'altro che da sottovalutare, te ne accorgerai. Ha i suoi metodi e funzionano, te lo assicuro. E soprattutto ha una certa immaginazione, cosa fondamentale per un investigatore. Comunque tu bada a farti i fatti tuoi, non ti impicciare e non ficcanasare dappertutto. Non vorrei che, dopo tanto lavoro sui romanzi polizieschi, ti fosse venuta l'idea di immischiarti in storie di delitti...»

«Mi avete stufata tutti quanti con le vostre insinuazioni. Non l'ho accoppata io la vecchia per vivere i miei giorni di gloria alla Miss Marple. Me ne stavo comodamente a mangiare baccalà mantecato. Cerco solo di essere d'aiuto e far funzionare il cervello, viste le carenze altrui!»

«Fallo funzionare su qualche bel libro. Lascia perdere gli assassini veri. Capito?»

«Abbi fede.»

Dopo la conversazione il risultato immediato fu che Gerarda si precipitò dalla Angelucci, portandole l'album degli schizzi per esaminarlo insieme a lei. Elsa sembrava non avesse dormito affatto. Era stravolta, spettinata e ancora in vestaglia. Ma appena vide Gerarda con lo sketchbook chiese un po' di tempo per sistemarsi e tornò poco dopo profumata e ben vestita.

Si misero a confrontare i disegni del quaderno dell'artista con le polaroid scattate tanti anni prima. L'attrice riconobbe con certezza l'adolescente seminudo degli schizzi: era l'attuale Monsignor Gabriele Zampieri, ancora bello nonostante l'età. La memoria non aveva ingannato l'Angelucci, che aveva avuto un presentimento vedendo per la prima volta i disegni.

«La madre era un vero cane da guardia, eppure il ragazzino trovava il modo di filarsela per posare tutto nudo... Adelaide, oltre a disegnarlo, ci andava anche a letto. Il povero ragazzo è sparito da un momento all'altro e quando l'abbiamo rivisto era in tonaca da seminarista. La madre ha saputo della sua tresca e l'ha allontanato» raccontò l'Angelucci.

Gerarda intanto tirò fuori dalla scatola altre foto: per esempio quelle del senatore, un signore d'una certa stazza, sornione nel suo completo grigio, quelle del quartiere con le case appena pittate, e di un donnone che le ricordava Ave Ninchi, riga in mezzo ai capelli tirati, viso rettangolare, mascella d'acciaio, occhi a bottone, e che aveva un'aria funerea e aggressiva allo stesso tempo: era la portinaia che all'epoca lavorava per il condominio, spiegò l'ex attrice, la lamentosa vedova Meloni, madre delle due Signorine.

«Davvero erano le figlie della portinaia?» chiese Gerarda. «Allora vivono qui da un bel pezzo, come lei e Gisella...»

«Sì, infatti» rispose l'Angelucci e aggiunse: «Credo che siano le uniche che non sono mai riuscita a immortalare, scappavano sempre via. Secondo me non volevano che le fotografassi perché erano spesso vestite male con abiti rattoppati, di taglie troppo piccole o troppo grandi, scarpe usurate. Peccato, perché almeno una, la minore, era piuttosto carina un tempo, la chiamavano "la Lollo"».

«A vederla adesso non si direbbe, sembra Ollio senza baffi e con la parrucca» replicò Gerarda.

«Oh non dica così! La minore era anche la più "zuccherina", alla fine ha fatto un buon matrimonio con un ingegnere molto più vecchio di lei, un grassone pieno di soldi che aveva comprato l'attico e che è morto presto per via di un infarto improvviso, lasciandole una discreta eredità. Così si sono sistemate tutte e due, perché Pina, la minore, non si è mai staccata di un passo da Elide, la maggiore...»

Ma Gerarda a quel punto già non la ascoltava più, aveva trovato qualcosa di più interessante delle due vecchiacce dell'ultimo piano: la foto di un viso a lei noto, quello dell'artista, che aveva riconosciuto dalle immagini che aveva scovato su Google. Questa foto, però era tutta un'altra cosa: ridente, con i capelli scompigliati e le mani sporche di creta, la ragazza appariva sulla soglia del suo studio, bellissima, bocciolo di pesca, sole in faccia.

«Allora lei la conosceva…» disse Gerarda all'attrice.

«Solo un po'…» rispose l'Angelucci. «Ma ad Antenore non piaceva che la frequentassi, e soprattutto che mi avesse chiesto di posare per lei, così ho lasciato perdere. Peccato, perché adesso pare che i suoi ritratti valgano un sacco di soldi.»

Gerarda, che stava rimuginando sulle foto che aveva visto, chiese: «Posso avere questa?» e mostrò alla Angelucci quelle dell'artista sulla soglia dello studio.

Elsa gliela consegnò facendosi promettere che poi l'avrebbe riavuta.

Gerarda a sua volta si commiatò dalla Angelucci lasciandole lo sketchbook perché lo studiasse ancora cercando altre somiglianze.

Tornando a casa osservò a lungo la porta dei suoi vicini: il Monsignore e sua sorella. Li aveva incrociati poche volte.

Certo che quegli schizzi erano molto, molto espliciti, di un erotismo che parlava da solo: per un uomo di chiesa avrebbero potuto essere parecchio imbarazzanti. La Sanfilippo aveva detto che nessuno sapeva che lo sketchbook ce l'avesse lei, a parte una persona. E se quella persona fosse stata il Monsignore? Tra l'altro era stato proprio lui che aveva visto lo studente rientrare con l'inconfondibile album degli schizzi in mano, e, sapendo cosa ci fosse dentro, magari era andato furibondo dalla Sanfilippo per chiederle conto del fatto. Aveva preteso che lei chiedesse indietro il quaderno, quindi avevano litigato, e in un accesso d'ira l'aveva uccisa.

Un'ipotesi un po' tirata per i capelli, ammise Gerarda...

Capece l'avrebbe trovata buona, lui non andava tanto per il sottile.

«E la sparizione dei soldi? Il Monsignore sarebbe un ladro, oltre che un assassino?» si domandò.

Ma se quel denaro fosse stato nascosto così bene dalla Sanfilippo che neppure la polizia fosse riuscita a trovarlo? L'anziana insegnante non era un'ingenua; una tipa originale, una che dormiva sopra alla collezione intera di Tex, forse, ma non un'ingenua.

Nella casa dello studente non avevano trovato nulla, nemmeno il borsone vuoto.

Possibile che tutti stessero cercando il colpevole di un furto mai avvenuto?

8

La mattina dopo Gerarda andò a suonare alla porta del Monsignore e le aprì la sorella, Caterina Zampieri, una donna assai anziana, bianca di capelli, sopracciglia e peluria sul labbro, dal viso sofferente, come se le sue lacrime si fossero appena asciugate sull'assolato balcone. *Cattiva salute o cattivo carattere?* si chiese Gerarda. A giudicare dal grugno aspro e dai polsi sottili come ossicini di pollo, forse, entrambe le cose.

«Buongiorno, sono la vostra vicina, mi chiamo Gerarda Greco...» fece indicando la sua porta.

«Che cosa desidera?» chiese quella osservandola con diffidenza e senza invitarla a entrare.

Gerarda si era preparata una storiella e la sciorinò.

«Mi sto occupando, per una famosa casa editrice, di raccogliere del materiale per uno scrittore importante, Ennio Augusto Capece, che ha deciso di scrivere un romanzo ispirato alla storia dell'artista che abitava qui e che è stata uccisa molti anni fa. Perciò sto chiedendo ai primi inquilini del condominio, come le Signorine Meloni e la signora Angelucci, qualche dettaglio, anche piccolo, che non figuri negli articoli di giornale dell'epoca, e magari qualche impressione personale sulla donna uccisa. Lei la conosceva?»

La Zampieri si fece di sale e di pietra, e serrò le labbra come la fila di un battaglione in guerra.

«Magari anche solo di vista» aggiunse Gerarda. «Immagino che lei e suo fratello avrete sentito raccontare qualcosa...»

La vecchia a quel punto diventò talmente rossa da far pensare che la pressione le fosse salita di colpo, e poi con una voce secca e precisa rispose: «Noi non la conoscevamo affatto! Mio fratello era un ragazzino all'epoca, e quanto a me uscivo pochissimo, come capitava a tutte le ragazze serie.»

Gerarda non ebbe quasi il tempo di replicare che l'altra già stava chiudendo la porta.

Maledetta vecchiaccia ipocrita, pensò.

Si ripropose di tornare quando fosse sicura di trovare il Monsignore.

Rientrò in casa irritata dal proprio fallimento e si rammaricò di aver lasciato il prezioso sketchbook alla Angelucci, poi suonarono alla porta.

Inaspettatamente si trovò davanti il commissario, sorridente e stropicciato come carta velina ma con un una busta di plastica in mano. Gerarda non poté fare a meno di farlo accomodare, lontano però dalla sua scrivania dove era posata la Polaroid della Angelucci.

Il commissario Laguardia annunciò che non si trattava di una visita ufficiale, che si era permesso di venire a trovare Gerarda in quanto amico del fratello, sul cui conto continuò a dire ogni bene.

«Mi scuso davvero se in questi giorni lei, come altri nel condominio, è stata infastidita dalla polizia» e intanto le annunciò che sarebbe dovuta andare al commissariato a fornire elementi cosiddetti "definitivi". «Dobbiamo fare il nostro dovere, lo sa anche lei» dichiarò sorridendo e poi, tirando fuori due barattoli di melanzane sott'olio fatte in casa, aggiunse: «Mi sono permesso di portarle un presente da parte di mia moglie, che è tanto affezionata al commissario Greco...». E vedendo la faccia imperturbabile di Gerarda continuò: «A Gaspare piacciono moltissimo. Spero che piaceranno anche a lei...».

Ma dove si è mai visto un poliziotto che ti porta delle melanzane in barattolo? pensò Gerarda irritata. *Non è che mio fratello l'ha mandato a controllarmi? Ne sarebbe capacissimo.*

«L'indagine non si presenta facile» disse. «Certo, lo studente è in stato di fermo, ma io non sono poi così d'accordo col giudice, perché dei soldi non c'è ancora neppure l'ombra e del borsone neanche. Sugli abiti dello studente non è stata trovata una mezza goccia di sangue che sia una, e inoltre ho appena fatto fare una perizia sulla connessione Internet del ragazzo, che senza alcun dubbio stava usando nelle ore in cui presumibilmente è avvenuto il delitto...»

Gerarda posò le melanzane sul basso tavolino di vetro del salotto.

«Ma le Signorine non lo hanno visto salire all'appartamento all'ora dell'omicidio?» chiese guardinga.

Laguardia si aggiustò sul divano e con un sospiro rispose: «Le cosiddette Signorine sono anziane. Potrebbero essersi confuse sull'ora, o anche essere dedite a quelle piccole vendette condominiali che sono così comuni... Le loro dichiarazioni non sono da prendere come oro colato. Mi ha raccontato l'amministratore del palazzo che continuavano a tormentarlo con la storia che il peso della carta accumulata dalla Sanfilippo rischiava di far precipitare il pavimento. E ce l'avevano anche con lo studente: dicevano che affacciandosi dall'attico vedevano il suo giardinetto in un disordine indecoroso... Insomma, lo sa come sono a volte i vecchi...»

«Rancorosi, direi» aggiunse Gerarda, scrutandolo con attenzione.

«Esatto. Nelle loro dichiarazioni non è facile capire cosa sia vero e cosa non lo sia. Ci sono i fatti, ma ci sono anche le persone che a volte sono indecifrabili... Ma siamo fortunati ad avere qui nel condominio proprio lei, la sorella di un così bravo poliziotto, insomma, una persona di fiducia che può vedere, sentire, osservare, farsi confidare tante cose, tante cose che la polizia non vede o riesce a venire a sapere con difficoltà...»

Tutto questo con un sorrisetto complice.

Gerarda lo fissò: «Di cosa stiamo parlando, commissario, sputi l'anfibio...».

«L'anfibio! Me lo ha detto suo fratello che lei è brava con le parole» disse in tono soave il commissario. «Dico solo che se le capitasse di venire a conoscenza di qualche informazione in più di quelle che veniamo a sapere noi poliziotti, magari aiuterebbe quel povero figlio...»

«Io non sono la benefattrice delle anime tristi del circondario e Gaspare non ne sarà proprio felice, lo sa?»

«Ma suo fratello non deve venire per forza a sapere di questo nostro piccolo accordo. Non si tratta di niente di pericoloso. Lei vive qui e si può guardare attorno senza suscitare particolari reazioni...»

«Sarei un'informatrice, praticamente.»

«No, soltanto una che osserva» obiettò Laguardia sorridendo.

«Ma lei usa spesso questi metodi?»

«Quali metodi? Io intuisco solo di chi posso fidarmi e di chi no. Sono un uomo semplice.»

Gerarda invece ebbe l'impressione che fosse un uomo tutt'altro che semplice: contorto invece, ma di quel genere che arriva per la via sghemba al risultato prima di quelli che marciano su quella dritta: un uomo dalle scorciatoie complicate. Un uomo furbo.

«E comunque» aggiunse Laguardia «se ci ha fatto caso, tra noi due sono stato io a dare delle informazioni a lei e non lei a me, per ora. La cosa resterebbe tra noi, glielo assicuro, non lo verrebbe a sapere nessuno, neanche suo fratello. Ci pensi su. Intanto assaggi le melanzane sott'olio, e la prossima volta mi dirà come le sembrano, mia moglie ci tiene a saperlo» e sorridendo si congedò da Gerarda che era rimasta senza parole.

Lei restò a fissare i barattoli a lungo. Era decisamente un uomo furbo.

Più tardi la chiamò Rodolfo, e in tono ansioso le disse: «Gerarda, ciao. Lo sai chi mi ha telefonato poco fa?».

«Non sopporto quando la gente fa domande retoriche a cui è palese che l'altro interlocutore non possa rispondere; che ne so io chi ti ha telefonato!» si sfogò sbuffando, mentre notò con orrore l'etichettina sui barattoli di vetro. La moglie del commissario vi aveva disegnato sopra una melanzana tremula e tutta sbilenca.

«Oh, ma sei terribile! Comunque ha telefonato Glauco.»

«E chi diavolo sarebbe questo Glauco? Abbi pietà di una pensionata che voleva passare in ciabatte la sua vecchiaia e invece è presa d'assalto dal genere umano.»

«Come, non ti ricordi? Era uno degli amanti dell'artista che abitava nel tuo condominio.»

«Mai sentito nominare.»

«Non te ne ricorderai, ma di sicuro ti ho detto che Glauco è stato quasi adottato dal vecchio Mirri, vive insieme a lui.»

«Tutti mi fornite a cascata delle Marmore informazioni inutili... Perché ti ha chiamato tale Glauco?» Nonostante il tono rabbioso, la sua attenzione si era risvegliata.

«Ha saputo del nuovo omicidio ed è contento.»

«Ah, bene, ci mancava solo lui.»

«Ma che hai capito, è contento che si sia risvegliato l'interesse per quello dell'artista, no?»

«Fidati, non s'è risvegliato un bel niente, solo io sono sul pezzo, il commissario pensa ai sottoli e ancora è a caccia di borsoni e macchioline di sangue...»

«Ma dai! I giornali ne hanno parlato, no? Quei pettegoli dei giornalisti sono andati persino da Mirri a intervistarlo.»

«Davvero? Leggo poco i quotidiani, sono diventati peggio della televisione.»

«Dovresti subito parlare con Glauco... Oltretutto è ancora un bell'uomo...»

«Che sia un bell'uomo non è di mio interesse. Senti, Gaspare si è fatto promettere che ne sarei stata fuori, il commissario vuole farmi fare la Jessica Fletcher della situazione, tu mi mandi a parlare con tale Glauco il bell'uomo, ma per chi mi avete presa?»

«Mi piace questo Laguardia... Ho visto le foto sui giornali... Non è un bel tipo?»

«Non è affatto un bel tipo! Ed è persino amico di mio fratello, mi porta conserve sottovuoto fatte dalla moglie e spunta nel mio salotto nei momenti meno opportuni.»

«Ma scusami, tuo fratello, tanto carino per carità, ma quando mai si è occupato dei problemi tuoi? Perché invece non pensa a essere più onesto nei tuoi confronti?»

«Rodolfo, ma di che parli?» chiese Gerarda perplessa.

«Non è lui quello che si è impadronito della casa di Depressa?»

«Be', chi se ne frega, quel posto sta sul culo delle stelle, come si suol dire, non ci vado da secoli.»

«Certe volte mi stupisco della tua ingenuità! Quella villa vale un sacco di soldi...»

«Sì, ma richiede una manutenzione continua di cui io non ho nessuna intenzione di occuparmi... Gaspare ha dovuto riannodare i rapporti con l'enorme famiglia di nostra madre perché quelli hanno le chiavi del paese, sanno chi è l'elettricista più bravo, il muratore fidato, eccetera e spesso mi cita parenti mai conosciuti, tipo zie e cugini di non so quale grado, che io non ricordo o addirittura che non conosco proprio. Né ho voglia di conoscere. Odio i paesi, odio gli elettricisti, odio i muratori, odio le famiglie, odio quella villa, fine della storia.»

«Dovresti stemperare il tuo odio, cara, considerati i guadagni possibili, l'eredità è anche tua...»

«Mi ci vedi a sistemare l'oliveto? La sacra raccolta paesana delle olive...»

«Forse no, ma l'argenteria della zia Ginetta allora? Neanche una principessa del Belgio aveva tutta quella batteria di argenti. E chi l'ha avuta? Sempre lui! Tu l'hai lasciata a lui senza battere ciglio.»

«Ma che ci facevo io con quella roba? Prendevo il tè alle cinque con le ultranovantenni del condominio? Una è pure appena crepata. Lui invece l'ha venduta e con il ricavato ha contribuito a restaurare la villa di Depressa.»

«Che ci facevi? Un bel viaggio in qualche paese esotico dove ti saresti trovata un amante come si deve.»

«Non ho bisogno di amanti al momento, ma ti ringrazio per la premura. Che Gaspare ripulisca pure soffitte, zappi in giardino e pianti aranci nel viale. Per quel che mi importa. E comunque non sviare l'argomento come al tuo solito. Non se ne parla, non andrò da questo Glauco, non farò la spia del commissario, non scriverò l'ennesimo romanzo dell'inetto Capece, e voi tutti dovreste, con cortesia e cordialità, lasciarmi in santa pace!»

«Fammi sapere se ci parlerai prima o poi, è merito mio se le tue indagini stanno procedendo, ricordatelo. Arrivederci, cara amica bisbetica e indomabile!» Rodolfo la salutò con tono gaio e poi attaccò il telefono.

«Ma quali indagini? Pronto? Rodolfo...» Gerarda sospirò e chiuse l'apparecchio.

Poi si decise ad andare in cucina per trovare un pezzo di pane secco su cui far adagiare mollemente un paio di melanzane.

9

Il giorno seguente, sul presto, Gerarda era già in cammino verso la chiesa di Trastevere dove, a dire della portinaia, il Monsignore teneva spesso la messa. Aveva intenzione di beccarlo come saporito mangime, appena fosse spuntato fuori dalla navata, in modo da non farselo sfuggire ed evitare il filtro della vegliarda sorella.

L'autobus atteso a lungo la lasciò a viale Trastevere e di là Gerarda si avviò a piedi verso la chiesa, attraversando il quartiere dove un tempo, da ragazza, passava ore e ore con i suoi amici, e che adesso era profondamente cambiato. Sembrava di cartapesta, pronto a sciogliersi sotto a un violento acquazzone.

Atea e anticlericale com'era, le piacevano però le chiese e tutta l'iconografia, le vicende narrate negli affreschi, le immagini delle sante scolpite nel marmo, le iscrizioni latine a sovrastare le cappelle e il silenzio, quel bisbigliare accanto alle candele, quel sedersi composti sulle panche di legno. Assistette alla conclusione della messa, notando che il Monsignore aveva la presenza scenica di un attore che ha visto molte quinte e molti palchi, amando farsi bello nei camerini tra parrucche e ciprie.

Lo avvicinò all'uscita. Nei suoi ancora folti capelli bianchi, nelle sottili sopracciglia e negli occhi piccoli ma di uno zuccheroso color caramello, Gerarda trovò le tracce di quei bei disegni, i tratti a carboncino, i colori accennati, sulle guance e sul collo, le linee che erano fianchi e i punti che erano ciglia.

Gabriele Zampieri la riconobbe e si stupì di vederla, ma Gerarda disse di essere lì perché voleva far dire una messa per la Sanfilippo e che le sembrava bello che fosse lui, vicino di casa che conosceva la vittima, a celebrarla.

Il Monsignore sembrava d'accordo, infatti disse: «Anche se lei non me l'avesse chiesto l'avrei celebrata comunque. La morte della signorina Sanfilippo è stata, oltre che crudele, profondamente ingiusta, visto che si trattava di una donna di rara rettitudine…».

«Mi fa piacere che lei la pensi così» disse Gerarda osservandolo.

«Non era affatto religiosa, sa…» aggiunse il prete con un mezzo sorriso «ma negli anni ho imparato che non significa molto: ho visto troppe volte la meschinità di persone cosiddette credenti a messa ogni domenica…»

Il Monsignore le risultò inaspettato: le sembrava molto diverso dalla sorella, così chiusa e ostile, come un mitile ben serrato. Comunque, mentre camminavano verso casa, cambiando abilmente discorso, rifilò anche a lui la storia delle ricerche per Capece. Così affascinato dalla figura di Adelaide Grazzini e dal suo omicidio irrisolto. Intendeva ispirarsi a quella cupa vicenda e non gli era sembrato vero quando aveva saputo che la sua collaboratrice di sempre abitava adesso a pochi passi dal luogo del delitto. E certo era una coincidenza incredibile che si fosse verificato un nuovo delitto nello stesso condominio, a uno sputo dall'ex studio di Adelaide, proprio mentre lei, Gerarda, stava raccogliendo materiali per…

A questo punto si interruppe di colpo, perché il Monsignore si era fermato, paurosamente pallido, come una tonaca da giorni di festa; sembrava oscillare scosso e malfermo sotto i colpi di un vento freddissimo.

Gerarda, temendo di doverlo raccogliere privo di sensi, lo accompagnò subito in un bar vicino, dove lui si sedette a un tavolino, e dopo qualche minuto riprese fiato e colore, animato da acqua e zucchero e un pacchetto di patatine alla paprika dolce. «Questo romanzo sarebbe meglio che non venisse scritto: i morti hanno diritto a stare in pace...» disse alzandosi alla fine dopo alcuni minuti di lugubre silenzio. Poi si voltò per tornare verso la chiesa, inseguito da Gerarda.

Gabriele Zampieri si girò a guardarla e aggiunse: «Anche i vivi hanno diritto a un po' di pace, naturalmente... Mi dispiace ma ho bisogno di pregare».

Lei si ritrovò di fronte due occhi fissi, da cerbiatto imbalsamato, eternamente bloccati tra due palpebre molli, e fu costretta ad abbandonare la sua preda con un cenno di saluto.

Ma cosa aveva visto nel suo sguardo? Paura, rammarico, dolore? La mai estinta curiosità di Gerarda si accese al modo delle lampadine domestiche.

Chi avrebbe potuto raccontarle qualcosa in più su quella famiglia e quell'uomo? Ovviamente la Angelucci, sperando che si fosse ripresa e che con lei non ci fosse il suo compassato ammiratore.

Quando suonò alla sua porta venne ad aprirle proprio lui.

«Elsa non si sente ancora bene...» disse il professore squadrandola e facendola sentire inadeguata, vestita male e fuori forma.

«Chi è?» chiese la voce dell'ex attrice dal fondo del salotto.

«Sono io: Gerarda!» gridò lei. «Ho delle novità importanti!»

«Oh, davvero? Venga! Voglio sapere tutto.»

Trovò la Angelucci decisamente migliorata. Era ben vestita e perfetta nel suo stile estroverso, spumeggiante, da coppa ben lustrata di champagne. Il professore se la rimirava con un sorrisetto.

«La trovo bene» fece Gerarda notando la rapida dismissione degli abiti funerei.

«Oh, sì» fece lei sorridendo. «E non vedo l'ora di conoscere qualche novità...»

E poi rivolta al professore: «Che ne dice di andarmi a fare un po' di spesa, mio caro? Mi manca completamente il necessario per la colazione. Per esempio quei biscotti al burro che mi ha fatto conoscere lei... E poi anche il latte».

Il professore dovette abboccare anche se non era per niente contento del fatto che Gerarda restasse sola con la sua protetta, però la faccenda dei biscotti lo aveva gratificato e quindi si arrese all'invito di Elsa.

«Meno male!» sbuffò. «A volte è troppo invadente e io è tutta la vita che mi devo guardare da maschi invadenti. Pure il senatore, la buonanima, stava sempre tra i piedi!»

Gerarda sorrise, era una brava donna la Angelucci.

«Quali sono le novità?»

«Un fatto assai riservato, Elsa, mi deve promettere di non farne parola a nessuno...»

«Naturale! Se avevo qualche segreto lo confidavo solo alla povera Gisella...» sospirò l'Angelucci.

«Be', il commissario, Laguardia...»

«Che bell'uomo! Mi sembra una persona assai perbene» osservò l'Angelucci.

«Non saprei dirle, io lo trovo piuttosto comune, comunque... mi ha chiesto di tenere d'occhio il condominio, di riferirgli commenti, informazioni varie... ma nón so ancora se lo aiuterò, comunque non è il cosa mi ha chiesto, ma il perché. Pare non credere davvero alla colpevolezza del ragazzo.»

La Angelucci si alzò in piedi dal divano con uno scatto giovanile sorprendente.

«Davvero? Ma se, povera creatura, lo hanno portato al commissariato...»

«Non vuol dire niente. Laguardia desidera approfondire e ha scoperto che il ragazzo stava su Internet a casa sua nell'ora presunta dell'omicidio.»

«E allora chi è il colpevole secondo loro?»

«Dobbiamo collaborare per scoprirlo... temo.»

«Certamente! Che cosa dobbiamo fare?»

«Forse potremmo partire dal Monsignore...»

La Angelucci scoppiò a ridere.

«Ma è impazzita, Gerarda? Quello è una specie di santo!»

«Non so lei, ma io non ho mai creduto nei santi. La sorella poi è una vera arpia.»

«La vera arpia era la madre. Quella poveraccia a forza di inghiottire limoni si sarà un po' inacidita.»

«Mi ascolti, troppe cose strane ci circondano, troppi non detti. Sono sempre più convinta che i due delitti siano collegati tra loro.»

«Ma no! Che cosa va a pensare...»

«Vorrei saperne di più di quella storia. Che cosa mi può raccontare sulla famiglia Zampieri?»

«Oh, tante cose...»

E qui cominciò a dire che Gabriele Zampieri era stato un bambino bellissimo, frizzante e biondo, un ragazzo seducente, affusolato e morbido, un uomo affascinante, rigoroso e pettinato, e adesso era un vecchio signore rifinito come un prezioso servizio da tè.

«Secondo me, da giovane somigliava a Giuliano Gemma» fece infervorata.

Si ricordava vagamente della figura del padre del Monsignore, ma soprattutto rammentava la presenza raggelante e funesta della madre e la sua neanche tanto sotterranea ostilità, ovviamente per l'Angelucci stessa, considerata poco meno di una prostituta, ma anche per suo figlio che secondo lei era "troppo bello", cosa che in un uomo era superflua, e "troppo ingenuo", quando c'era da stare sempre attenti agli inganni del mondo.

«Si figuri che non le piaceva come si comportava da bambino perché conquistava subito tutti, dai nonni alle domestiche, alla gente incontrata per strada. La simpatia, per quella donna non era una qualità ma un difetto... La dolcezza, secondo lei, lo avrebbe reso *molliccio*...»

Per fortuna il ragazzo non aveva troppo risentito di queste fissazioni della madre. Su di lui avevano avuto molta meno presa che sulla sorella, anche perché Caterina aveva sempre fatto da cuscino tra la madre e il fratello minore.

Tuttavia, ricordava la Angelucci, una volta la madre, a cui lei incautamente si era rivolta per congratularsi su quanto fosse bene educato il ragazzo, le aveva detto che avevano predisposto per lui una precisa rotta da seguire: il compito di Gabriele era quello di dar lustro alla famiglia con una laurea di prestigio e di diventare magari un famoso chirurgo, un principe del foro, un rispettato ambasciatore, sposato con una donna del suo pari, brillante come l'argenteria delle migliori famiglie. Invece Gabriele, che a scuola andava benino, ma senza spiccare, già al liceo sembrava tutto preso da inutili curiosità: l'arte, la letteratura...

Il suo principale talento, però, sembrava quello di piacere agli altri, e non perché si sforzasse di farlo, ma per la spontaneità del suo carattere e per la capacità di interessarsi alle altre persone. A diciotto anni, mentre frequentava l'ultimo anno di liceo classico, crogiolandosi nelle materie umanistiche, Gabriele aveva conosciuto per caso l'artista Adelaide Grazzini.

Elsa aveva visto la scena dal suo balcone. Lei l'aveva quasi investito con la sua auto sportiva mentre infilava di volata il cancello aperto. Adelaide si era bloccata come incantata dalla bellezza del ragazzo. E dopo questo incontro fortuito il giovane era stato visto infilarsi di nascosto nel suo studio, dove la pittrice doveva avergli chiesto di lasciarsi ritrarre, e lui, altrettanto incantato dal fascino indiscutibile di lei, così diversa da qualsiasi donna avesse mai conosciuto, aveva accettato.

Adelaide allora aveva ventotto anni (dieci più di lui) e di sicuro aveva avuto diversi amanti di varie età, ma sembrava avesse una spiccata preferenza per quelli giovani. I vicini notavano, con conseguente indignazione, un fitto andare e venire di bei ragazzi all'entrata del suo studio. Per la verità le piaceva far posare anche le ragazze, sottolineò la Angelucci.

Doveva esserci qualcosa di più però, perché dallo sketchbook si capiva che non si stancava mai di disegnarlo, ovviamente anche nudo.

La madre del ragazzo controllava il figlio così da vicino che, nonostante la sorella lo proteggesse, non aveva tardato a scoprire che andava spesso nella casetta vicina, cioè frequentava l'inferno e praticava l'abiezione.

A Elsa fu riferito dalla portinaia di allora, la madre delle Signorine, che un giorno la terrificante e immusonita madre aveva bussato energicamente alla porta dello studio. L'artista aveva aperto, in vestaglia, e la donna si era catapultata dentro riempiendola di insulti alla vista del figlio in camera da letto. Ne era seguita una terribile scenata, durante la quale aveva minacciato Adelaide di denunciarla per corruzione di minorenne; infatti a quei tempi si diventava maggiorenni a ventuno anni, e solo grazie a questa minaccia era riuscita a trascinare via il figlio.

Poi si era saputo che aveva ordinato a Caterina e Gabriele di fare le valigie ed era immediatamente partita con loro per Treviso, dove vivevano ancora i suoi parenti. Quella stessa notte, mentre loro erano in viaggio, Adelaide era stata uccisa.

Gabriele l'aveva saputo dai giornali, che avevano dato grande risalto al caso, e la disperazione era stata tale che si era ammalato, colpito da attacchi di panico e vomito e da accessi di rabbia che lo rendevano feroce.

Ben poco impietosita, la madre si era preoccupata soprattutto del fatto che avesse perso l'anno scolastico; poi era tornata a Roma, e il ragazzo, debolissimo e costantemente assistito dalla sorella, si era ripreso con estrema lentezza, trascorrendo mesi a letto o su un divano, senza mai uscire. Il tempo degli esami di maturità era così passato, era trascorsa l'estate, e il ragazzo non se l'era sentita in alcun modo di tornare a Roma ed era rimasto dagli zii, mentre la sorella era stata richiamata a casa dalla madre.

Un Gabriele distrutto, ben diverso dal ragazzo solare di prima, era entrato quindi in un collegio di Assisi, il Convitto Nazionale, dove avrebbe ripetuto la terza liceo. E là era rimasto molto in sintonia con uno dei suoi professori, un prete che insegnava latino (la sua materia preferita). Così Gabriele aveva trovato conforto nello studio e soprattutto si era avvicinato alla religione.

«Io non credo che fosse tanto per la fede, quanto per stare in un ambiente tranquillo e soprattutto lontano dalla madre...» sottolineò Elsa.

«Figuriamoci! Quanti preti e suore possiedono una vera fede?» sottolineò Gerarda.

Elsa continuò a raccontare che dopo la maturità il giovane era entrato in seminario, con scorno della madre che avrebbe voluto un figlio importante e di successo (ma che poi si era consolata dicendo: potrebbe anche diventare cardinale), e si era dimostrato così bravo negli studi di antichistica da prendere poi una laurea in Scienze delle religioni all'università di Parma e un dottorato di ricerca all'Orientale di Napoli.

A trent'anni, sacerdote e plurilaureato, era finalmente tornato a Roma, dove fino ad allora si era recato solo in visita e raramente, alloggiando in un istituto religioso, per vedere la sorella.

A Roma aveva insegnato all'università Pontificia. A quel punto si era scoperto che la loro madre era gravemente malata di tumore, e lui, che non avrebbe mai più voluto mettere piede nella casa materna perché non riusciva a perdonarla, tornò a vivere nell'appartamento di Monteverde per aiutare Caterina, sfinita dall'assistenza all'ammalata. La madre morì in pochi mesi, e i due fratelli rimasero soli.

«Perché non tornò a casa prima? Ormai era adulto» chiese Gerarda.

«La sorella mi raccontò che era certo che se la madre non lo avesse obbligato ad andare via e quella sera lui fosse rimasto con Adelaide, lei non sarebbe morta...»

Adesso era un Monsignore anziano, un noto studioso i cui libri e le cui ricerche facevano testo. Si era ritirato dall'università e diceva messa anche nella chiesa di Monteverde.

«Secondo lei, Elsa, adesso ci crede davvero?» chiese Gerarda scettica.

«Mah, non so! Per me sarà sempre, tutto sommato, un prete di testa ma non di cuore.»

E i preti col cuore impegnato potevano essere i più pericolosi, pensò Gerarda, ma non lo disse; annuì all'Angelucci accettando con gusto numerosi dei suoi dolcetti alla pasta di mandorle.

10

Gerarda tornò a casa, dove Tina stava montando le tende alle finestre.

Sotto molti punti di vista Tina era, per Gerarda, l'incarnazione della Provvidenza. Ma oltretutto, senza contare i fatti pratici, rappresentava quella che Gerarda chiamava la Vita Vera, che le sembrava nefaria ma allo stesso tempo intrigante come un insetto alieno, dotato di lunghissime antenne, ricco di squame argentee e flessuose. Per Tina, al contrario, l'insetto alieno era lei, che non aveva la televisione né la radio, possedeva migliaia di libri, si vestiva da puerpera con abiti perennemente larghi e sformati, quasi non aveva famiglia, non partecipava a comunioni, cresime, matrimoni, feste sante e feste profane, pranzi domenicali e pranzi infrasettimanali, Natale davanti al cappone ripieno, Pasquetta in riva al lago, e soprattutto non aveva marito.

Le due donne però si rispettavano, si accettavano.

Tina, inoltre, da quando c'era stato il delitto non parlava praticamente d'altro.

Non vedeva l'ora di fare il resoconto a Gerarda, perché aveva già stabilito saldi legami con la portinaia, la quale le aveva riferito pletorici pettegolezzi sui condomini, a partire dalle mogli e i mariti fedifraghi, dalle figlie scostumate e amanti della vita notturna che passavano nel cortile barcollando alle tre di notte, da chi pagava o no regolarmente il condominio, da quelli che campavano di debiti e da quegli altri che avevano i soldi ma spendevano col contagocce.

Il tempo di mettersi al ferro da stiro, e Tina le offrì uno spaccato del condominio preciso al dettaglio, mentre Gerarda, disinteressata per lo più al genere umano nella sua interezza, in quei mesi non era ancora riuscita a collocare nel modo giusto le persone che incontrava nell'atrio e nel giardino condominiale.

Il ruolo d'informatrice che le aveva affibbiato Laguardia, e che lei ancora tentennava ad accettare ufficialmente, non avrebbe comunque potuto sussistere senza l'aiuto di Radio Condominio.

Dunque, a quanto diceva Radio Condominio, l'Angelucci del secondo piano era ancora un tipo "spensierato", perché alla sua età si lasciava corteggiare dall'ex professore in pensione del primo piano, tipo garbato, convinto di uno charme mai posseduto. Sempre al primo piano c'era l'avvocatessa bionda e giunonica, non si era mai portata a casa un uomo e si vedeva che era un tipo ambizioso che pensava solo a chiudere pratiche e difendere clienti.

Sullo stesso piano c'era anche una giovane coppia che aveva una bambina piccola: lui era un misto tra un mollusco e un corvo, aveva la faccia da delinquente ma faceva l'impiegato comunale, lei era carina, con un'adorabile frangetta squadrata, ma poco socievole, di una timidezza fastidiosa. La portinaia diceva che secondo lei ogni tanto volava anche qualche schiaffo tra i due. Infine, su quel piano, c'era una coppia sulla quarantina con un bambino sui dieci anni, dai denti assai sporgenti. Nessuno aveva mai pensato di fargli mettere l'apparecchio e a scuola erano soliti chiamarlo "Carlo il coniglio".

Al secondo piano insieme alla Angelucci, che aveva l'appartamento più grande, c'era una signora antipatica sui trentotto anni con due gatti siamesi, mentre il marito di lei, che invece si distingueva per qualche moto di spirito, faceva l'assicuratore e doveva essere uno che correva dietro a gonne e gonnelle. Poi stava pigiata in tre stanze una famiglia con genitori di mezza età, impiegati, e tre figlie, noiose da morire; non ci si poteva scambiare una parola, dicevano solo mezze frasi tronche e ti fissavano con occhi da cernia. Infine l'ultimo appartamento era occupato da una coppia di sposini, rampanti e molto ben vestiti: facevano tutti e due il medico. Sicuramente tra qualche anno avrebbero preso una casa più grande in uno stabile più azzimato.

Al terzo piano una signora separata con due figli, due ragazzini maleducatissimi, molestatori dell'intera comunità, mai puniti a dovere; poi c'era una famiglia con due genitori professionisti e una figlia ventenne: una ragazza sempre in shorts o minigonne e capelli a spazzola, che cambiavano colore continuamente, e una faccia impunita; poi c'era ancora una coppia formata da un signore maturo e dalla sua seconda moglie incinta.

«Poveretta» commentò Tina. «Lui è brutto, pe' di' brutto...»

E infine un giovanotto biondino, magro magro, secco secco, uno pieno di danari, che cambiava continuamente ragazza, come si fa con le lampadine fulminate o con i calzini.

All'ultimo piano, di fronte alla povera professoressa, quelle Signorine che si lamentavano continuamente di tutto con l'amministratore, non si vedevano mai l'una senza l'altra e dormivano addirittura nella stessa stanza in due lettini gemelli, diceva Luana; erano due rompiscatole, anche se in fondo innocue. E comunque avevano avuto i loro guai, visto che la minore aveva avuto un figlio nato poco dopo che il padre era morto, lasciando però una bella eredità, e che lei e la sorella avevano allevato nel cotone idrofilo: un rodomonte che ogni tanto arrivava con un macchinone nuovo, ma che non aveva mai combinato niente di buono, secondo Luana. Le sue varie attività erano andate tutte malissimo e la madre e la zia avevano dovuto ripianare i debiti. Recentemente aveva aperto un negozio di sigarette elettroniche.

«Luana dice che sarà tornato a mungere le Signorine, come sempre. Quelle due sono sempre tra i piedi. Le si piazzano in guardiola a fare domande, vogliono sapere tutto di tutti e non si levano di torno, tanto che certe volte lei finge di aver qualcosa da fare in cortile e loro niente, la aspettano lì finché non torna... Che brutta cosa invecchiare così!»

«E del Monsignore ti ha detto qualcosa?» chiese Gerarda.

«No. Quella Luana è una che in chiesa ci passerebbe la vita, la guardiola è piena di immaginette di Padre Pio, e quindi adora il Monsignore, secondo lei è un santo, che manca poco a fa' i miracoli!»

Poi Tina arrivò inesorabilmente all'argomento del giorno, ossia il delitto.

«Certo che la polizia se la prende con quel povero figlio abruzzese, un ragazzino, invece di correre dietro ai delinquenti veri… Ma lo sa che a Roma ammazzano almeno un paio di vecchiette al giorno? Strangolate, pugnalate, pestate, e naturalmente rapinate. E l'assassino non lo trovano mai. Magari è lo stesso, chi lo sa, che cambia sempre quartiere.»

Ah, rieccola con l'assassino delle pensionate! pensò Gerarda che, come le succedeva spesso con i monologhi di Tina, cominciava ad averne abbastanza, e trovò una scusa per uscire a comprare qualcosa dal fornaio.

Mentre camminava, cercava di mettere ordine nella sua mente tra le informazioni ricevute sugli abitanti della palazzina.

Escludendo la Angelucci e anche il suo prode scudiero, che solo per il terrore che aveva dell'autorità poliziesca non si sarebbe mai lasciato andare ad alcun crimine (tutt'al più poteva concedersi un divieto di sosta), tutti gli altri erano sospettabili. Chissà se gli alibi erano stati ben controllati dalla polizia… Per esempio, quel mezzo mollusco e mezzo corvo del primo piano magari aveva bisogno di soldi perché frequentava i giri delle scommesse calcistiche, oppure il padre della famiglia numerosa forse era stufo di stare in tre stanze, certo non grandi, con tre figlie che chissà quanto si azzuffavano tra di loro. E quella signora separata dal marito del terzo piano con i figli futuri sfasciatori di parabrezza? Aveva letto sul giornale che in America due ragazzini di quattordici anni avevano buttato in un fosso un coetaneo per rubargli le costose scarpe da ginnastica.

E quelli che litigavano sempre del piano terra? Magari lei tartassava il marito per la mancanza di soldi e lui esasperato era andato a chiederli alla povera Sanfilippo…

Non era convinta.

Quando tornò, Tina se ne era già andata e subito si precipitò ad accendere il computer. Trovò una mail della segretaria di Pinetti: «Purtroppo non riusciamo a contattarla, ma il dottor Pinetti ha urgente bisogno di conferire con lei. Quando possiamo chiamarla?»

Conferisci con questo ombrello, pensò Gerarda, cestinò la mail e riaprì il materiale che aveva scaricato da Internet sull'artista per leggerselo con calma.

Nata da una borghesissima e facoltosa famiglia fiorentina (il padre era un industriale farmaceutico, la madre apparteneva a una famiglia nobile), sin da bambina aveva rivelato un grande talento per le arti figurative, e la famiglia aveva accettato di farle studiare arte, ritenendo che una tale propensione fosse un ottimo hobby per una ragazza ricca e destinata a un buon matrimonio. Ma lei, estremamente ribelle, già nell'adolescenza si era comportata in modo tale da far inorridire i familiari. Dopo aver frequentato l'École des Beaux Arts a Parigi era andata a vivere a Roma. Aveva avuto diversi amanti, di lei parlavano le cronache mondane (il nome della famiglia era piuttosto noto) per le feste, le frequentazioni, le scenate, gli amori, le prodezze, compresa quella che l'aveva vista finire nel laghetto di Villa Borghese con la sua fuoriserie.

Si parlava meno del suo notevolissimo e instancabile lavoro artistico: pittura, scultura, ceramica. Stando ai giornali dell'epoca (Gerarda aveva consultato i loro archivi online) anche il fratello avvocato era una persona in vista: sposato con la figlia di un politico democristiano, aveva pure lui intrapreso la carriera politica, e non andava certo d'accordo con la sorella, con la quale tra l'altro aveva aperto un contenzioso per via dell'eredità del padre, perché lo danneggiava con la sua condotta scandalosa. A quanto pareva, l'avvocato era ancora vivo e aveva fatto una discreta carriera: prima deputato e poi senatore per diverse legislature, era stato anche sottosegretario di un paio di governi ed era un membro di spicco dell'Opus Dei. Ovvio che non vedesse di buon occhio la sorella, che per le sue bravate compariva spesso sui giornali. Intanto, però, l'arte di Adelaide maturava e lei frequentava gli artisti dell'epoca e riscuoteva l'interesse dei critici.

Gerarda continuò esaminando gli articoli con il resoconto del delitto, accompagnati da foto: il cancello spalancato, la dépendance... La ragazza era morta per via di un colpo alla testa, assestato con un oggetto contundente che non era mai stato ritrovato, e non c'era traccia di gioielli nel cassetto in camera da letto. Tutto sommato però non si trattava di un grosso valore economico. L'artista non abitava stabilmente lì. Era il suo studio, in cui restava a volte anche a dormire. Il corpo era stato trovato da Luciano Mirri, un suo amico collezionista d'arte, e qui Gerarda ritrovò quanto raccontato da Rodolfo.

Due donne uccise nella stessa strada, a pochi metri di distanza, con un colpo in testa. E tutte e due vivevano sole ed erano indubbiamente eccentriche, diverse dagli altri. A tanti anni di distanza, l'assassino forse non poteva essere lo stesso. Però un esile legame tra i due delitti c'era di certo: lo sketchbook, ritrovato e conservato dalla Sanfilippo, nel quale potevano essere custodite imbarazzanti tracce del passato. E ripensando al Monsignore, Gerarda prese una decisione: cercò il biglietto da visita del commissario e compose il suo numero.

11

Quella mattina Gerarda si era precipitata dalla Angelucci prima che arrivasse da lei l'invadente professore. L'ex attrice le consegnò lo sketchbook senza fare storie e le disse: «Non si preoccupi, non ho intenzione di covarmelo come una gallina col suo ultimo uovo».

Gerarda scese dal taxi che l'aveva portata a Prati, una zona della città che lei conosceva poco e non frequentava mai: una traversa di via della Giuliana. Nel grande atrio del vecchio palazzo, quando disse che doveva andare dal professor Mirri il portinaio le indicò l'ultimo piano. Montò su un ascensore con specchi e seduta di legno che scricchiolava come denti stretti dalla paura.

Salendo, ripensava alla telefonata con il commissario: era bastato dirgli che le melanzane erano "assai" buone, perché lui afferrasse il punto: Gerarda accettava l'incarico informale. Così avevano stabilito di vedersi non appena lei avrebbe avuto qualcosa da raccontargli.

Gerarda non era ancora sicura di volergli parlare dello sketchbook, prima voleva saperne di più sui rapporti tra il Monsignore e l'artista, e soprattutto scoprire se qualcuno fosse in grado di decifrare la scrittura simbolica di Adelaide. E quel qualcuno chi avrebbe potuto essere se non Luciano Mirri?

Visto che Rodolfo le aveva detto di conoscerlo bene, aveva telefonato all'amico per chiedergli se potesse aiutarla a incontrare il vecchio signore, esperto di arte.

Dopo averla a lungo presa in giro perché ormai immersa fino al collo in quella storia di delitti, artisti e condomini degli orrori, nonostante lei negasse l'evidenza, Rodolfo aveva fatto il suo dovere.

Quando Gerarda entrò, restò incantata dalla casa di Mirri. Il vasto terrazzo sembrava un giardino pensile, con reticolati in legno e pergole cariche di piante rampicanti, basse panchine in travertino, decorate da motivi campestri. Le camere erano stipate di opere d'ogni tipo, quadri appesi in varie file fino al soffitto, al modo delle grandi esposizioni, piccole sculture e modellini preparatori su ogni ripiano, compresi i davanzali delle finestre, cartelle di disegni accatastate su un grande tavolo da architetto. C'erano anche molti quadri di Adelaide Grazzini, dove spesso prevaleva la figura umana, nudi rappresentati con una certa ironia.

Luciano, che era un elegante signore, amante del velluto e degli arabeschi, alto e fine con una folta capigliatura bianca, di nuvole e fumo, la accolse un po' rigidamente: Gerarda aveva chiesto a Rodolfo di usare nuovamente la scusa del romanzo di Capece, e Mirri cominciò subito col chiarire che la voleva dissuadere – e tramite lei lo scrittore – dal progettare un romanzo sull'artista.

Anche lui, come il Monsignore, dunque pensava che gli estinti dovessero riposare in pace, soprattutto quelli deceduti in modo violento. Adelaide, dopo tutto, al di là di quello che si diceva di lei, aveva sofferto abbastanza in vita per meritarsi la tranquillità almeno da morta.

Gerarda decise allora di scoprire le carte.

«Non c'è nessun romanzo, in verità» dichiarò. «C'è stato un nuovo omicidio nel condominio, dove abito anch'io. Come lei avrà saputo dai giornali, si tratta della signora Sanfilippo, persona perbene e colta, che ho avuto modo di conoscere. Proprio lei possedeva uno sketchbook di Adelaide Grazzini, che doveva aver salvato quando il fratello si diede da fare per sgomberare la casa. Nel condominio c'è uno studente che stava esaminando questo album per la sua tesi e ora, dato che è sospettato del nuovo omicidio, me lo ha consegnato. Vorrei saperne di più... Ci sono delle scritte, dei disegni da interpretare. Per questo sono qui.»

A un tratto Gerarda si accorse che c'era una persona in un angolo buio del corridoio a osservarla, era un uomo che doveva essere stato molto bello una volta, ma che ora risultava l'ombra veloce della bellezza passata: capelli biondi tinti e bruciati dall'ammoniaca, occhi azzurri lavati nella candeggina, troppo magro, elfico e pallido, bianco come una meringa.

Mirri si girò anche lui e disse in tono autoritario: «Glauco, torna di là per favore!»

Gerarda a sentire il nome si fece attenta, ma non riuscì ad aggiungere nulla.

Glauco indietreggiò nell'ombra e rientrò nella sua stanza.

Mirri però a quel punto cambiò atteggiamento, sembrò più disponibile, come per distrarre Gerarda da quella strana presenza.

«Conoscevo bene la signora Sanfilippo, che tra l'altro doveva testimoniare nella causa intentata nei miei confronti dal fratello dell'artista... Conosco anche lo studente, sono in contatto con lui per via della tesi su Adelaide. So pure dell'esistenza dello sketchbook perché la signora mi aveva detto di averlo trovato, ma non c'è mai stata l'occasione di vederlo, anche se lei mi aveva promesso di mostrarmelo prima o poi...»

Dunque l'altra persona che sapeva dell'esistenza dello sketchbook era lui, pensò Gerarda; il che non escludeva però che il Monsignore, quando l'aveva visto tra le mani di Marco, avesse potuto comunque riconoscere l'inconfondibile quaderno che magari pensava fosse andato distrutto da anni.

Emozionato, Mirri prese lo sketchbook dalle mani di Gerarda.

«Adelaide ne aveva vari di questi album. Li riempiva compulsivamente ma di solito non li faceva vedere a nessuno, per lei erano una sorta di diario scritto e disegnato. Li teneva nascosti, riservati. Aveva questa abitudine alla segretezza che le derivava dal controllo ossessivo e ostile della famiglia: sin da ragazzina era stata anticonformista, e i genitori avevano cercato di imbrigliarla in tutti i modi, leggevano la sua corrispondenza, avevano provato a farla sposare a ogni costo, anche se giovanissima, con un maturo industriale. Poi l'avevano costretta a un aborto quando era rimasta incinta del suo primo amore, e alla fine avevano addirittura brigato per liberarsi di lei, la "vergogna della famiglia", facendola dichiarare malata di mente e ricoverandola in una clinica per malattie nervose, in realtà un manicomio di lusso. A salvarla, impedendo il ricovero, era stata la nonna materna, di nazionalità inglese, che a quel punto l'aveva presa con sé e alla sua morte le aveva lasciato una rendita e tutti i suoi gioielli (quelli spariti durante il suo assassinio), mandandola poi a studiare a Parigi. E anche più tardi, quando si era ritrovata ricca grazie all'eredità della nonna, nonché libera e maggiorenne, il fratello l'aveva intimidita in tutti i modi. Se nei giorni del delitto lui non fosse stato in Spagna per partecipare a un mega incontro dell'Opus Dei, sarebbe stato il sospettato ideale. E non parliamo del fatto che, non appena morta la sorella in quel modo terribile, si è precipitato a buttare via le sue opere, ritenute scandalose, come fossero spazzatura. Se non ci fossi stato io a salvarle...»

Gerarda intervenne anche perché la voce di lui si era incrinata pericolosamente.

«Rodolfo mi ha parlato della causa che le ha intentato il fratello di Adelaide. Come finirà a questo punto?»

«È una storia che si è trascinata per anni... Quasi non ci credevo, quando pochi mesi fa si è deciso ad arrivare a un accordo, probabilmente spinto dai figli e soprattutto dai nipoti, che per fortuna sono diversi da lui. Tra pochi giorni tutte le opere che vede qui a casa mia e altre ancora verranno imballate e trasferite al Macro a Testaccio. Finalmente Adelaide avrà la mostra che merita. Il catalogo è quasi pronto.»

«Bene,» intervenne Gerarda «ma che mi dice dello sketchbook?»

Mirri a quel punto sfogliò il quaderno davanti a lei dimostrando una crescente emozione, soffermandosi non solo sui disegni ma anche sulle note scritte, in silenzio, con gli occhi lucidi.

«Lei è in grado di decifrarlo?»

«Penso di sì. A suo tempo Adelaide mi aveva spiegato il suo

codice, mi lasciava dei biglietti e mi mandava addirittura delle lettere scritte in questo modo.»

Mirri continuò a sfogliare il quaderno, con dita tremanti si fermò a scrutare, come si aspettano e si guardano passare le stelle cadenti, il corpo tratteggiato a carboncino di un ragazzo a cui fino a quel momento Gerarda non aveva fatto caso. Come il passaggio di una cometa, Mirri girò in fretta quella pagina, dove degli occhi accesi e un biondo capello mielato rispondevano con sfida al morboso spettatore. Era un ragazzo vestito, seduto su una sedia, faceva dondolare la mani appoggiando i polsi alle ginocchia. Mirri, in un gesto involontario, voltò impercettibilmente il viso verso il punto in cui la figura di Glauco si era inabissata, tornando come sorcio nella propria tana pulita e levigata. Non ci volle molto a Gerarda per fare due più due, riportando alla mente informazioni che già il prode Rodolfo le aveva fornito.

Il biondo giovane, ora ridotto a larvale copia rotta e sbocconcellata, si diceva fosse stato amante di entrambi, il suo viso, come quello di tanti altri, era stato collezionato da Adelaide Grazzini. Mirri andò avanti, lasciandosi alle spalle fantasmi e disperazioni, dissimulando interesse per ciò che aveva incontrato, fin quando arrivò ai nudi di quel giovane che Elsa aveva riconosciuto come l'attuale Monsignore. Gerarda gli chiese se ne sapesse qualcosa, e Mirri rispose annuendo: «Si tratta del bellissimo giovane che fu uno degli amanti di Adelaide. Me ne ricordo bene, del resto» e qui fece una risatina «il ragazzo era molto bello».

«La madre del ragazzo so che fece una terribile scenata e li separò...»

«Sì, è così. Oggi che i costumi sono molto più liberi, la gente trova difficile credere che noi, almeno in un certo ambiente, fossimo audaci. La Roma di quel tempo era diversa. L'ambiente artistico e letterario era molto disinvolto, tutto era rimesso in discussione: l'arte, il sesso, le convenzioni… Io e Adelaide a volte ci siamo contesi lo stesso ragazzo…»

Ma a questo punto si rabbuiò un po' e lasciò cadere il discorso, concentrandosi sulle note che accompagnavano i disegni. E a un tratto sembrò stupito.

«Io pensavo che questa col giovane Zampieri fosse una delle tante avventure di Adelaide, lei aveva un vero fidanzato, ma si divertiva con questi più giovani, anche per ingelosirlo. Invece le note trascritte nel suo alfabeto segreto sembrano testimoniare un sorta di affetto, del quale io non la credevo capace.»

E qui Gerarda si rese conto che lo sguardo di Mirri esprimeva, oltre alla sorpresa, un imbarazzo, una terribile tristezza.

«Se soltanto avessi saputo…» mormorò così piano che Gerarda lo percepì a stento.

Aveva l'aria di chi all'improvviso scoprisse di aver commesso un errore irreparabile. Era turbato e chiese a Gerarda se potevano concludere lì il loro incontro e lei, delusa, gli disse: «Speravo che lei potesse darmi il suo aiuto per decifrare tutte queste note… A me interessa molto sapere di Adelaide Grazzini. Sono rimasta affascinata dall'opera ancora visibile sulla sua casa…» buttò lì per non continuare a parlare di omicidi e teste spaccate.

«L'Antigone… sì, è molto bella» ammise sorridendo. «Lo farò, stia tranquilla. Le trascriverò queste note.»

Gerarda si riprese lo sketchbook, dicendo che il giorno dopo gli avrebbe fatto avere un plico con accurate fotocopie e così fece. Fotocopiò il quaderno in due copie, ne spedì una con un corriere al critico d'arte e una la tenne per sé. In questo modo poté tornare dalla Angelucci con l'originale.

La sera, Gerarda si mise a letto dopo una tisana con zenzero e scorza di limone. Ripensò alle pareti alte e colme di quella casa, al corpo rannicchiato tra le pagine del giovane Monsignore, allo spettro di Glauco e ai suoi capelli ossigenati, alla testa aperta come uovo di Adelaide Grazzini, il tuorlo e l'albume che colavano sul pavimento, il suo viso sorridente nella Polaroid, le mani sporche di creta.

«Se soltanto l'avessi saputo…»

Cosa, nel corso di quella storia, se lui avesse saputo, sarebbe cambiato per sempre?

12

Il commissario la aspettava nel più improbabile dei posti. Era chiaro che non aveva motivo di convocarla al commissariato, dove tra l'altro tutto quello che si fossero detti magari sarebbe stato verbalizzato. D'altra parte era ovvio che entrambi preferivano che nessuno notasse eventuali visite dell'uomo a casa di Gerarda.

Perciò avevano deciso di vedersi al bar della Stazione di Trastevere, ossia uno scalcagnato locale sublunare, vistosamente abbellito da neon e slot machine in piena attività. Nel bar gelido e deserto, che puzzava di disinfettante, davanti a un tè di quelli che sanno di paglia bagnata, il commissario Laguardia si presentò con un'aria piuttosto trasandata: camicia non fresca di bucato, giacca stazzonata, impermeabile macchiato sulle tasche. Gerarda lo occhieggiò perplessa.

«Mi scusi,» fece lui «non ho avuto nemmeno il tempo di cercare una camicia pulita. Mi hanno chiamato dall'ufficio per un'emergenza e sono uscito di corsa. Mia moglie è dovuta andare in Lucania dai parenti. Sua madre non sta bene e allora ha preso un permesso. Insegna lettere alla scuola media... a Garbatella, dove abitiamo. Abbiamo una piccola casa dei genitori di mia moglie.»

A Gerarda non importava una mela marcia di tutte quelle spiegazioni e continuò a guardarlo a braccia conserte. Un uomo con un cappellino verde dopo un bicchierino di vodka liscia improvvisò un balletto al bancone, aveva solo tre denti e peli di cane sparsi sui calzoni.

Laguardia, dato che Gerarda non apriva bocca, aggiunse ancora: «Mia moglie è una donna molto pratica e razionale».

«Lei no?» chiese Gerarda annusando la tazza dell'orribile bevanda.

«Be', non del tutto... In questo lavoro essere troppo razionali non è un bene. Il male è irrazionale» rispose lui.

«Le dirò, a me pare molto banale» rispose Gerarda puntuta.

«Comunque c'è una buona notizia, almeno penso che per lei e la sua amica, la signora Angelucci, lo sia: lo studente sarà rilasciato domani, anche se i sospetti sul suo conto non sono ancora del tutto caduti.»

«La signora Angelucci sarà senz'altro contenta. Ma come mai?» chiese Gerarda sospettosa. Si mise a sistemare le bustine dello zucchero sopra alle quali c'erano donnine a seno nudo con coroncine di colori disparati, ammucchiò le coroncine verdi con le verdi, le rosse con le rosse, le gialle erano poche, dovevano andare per la maggiore.

«Il giudice delle indagini preliminari non ha trovato abbastanza elementi per trasformare il fermo in arresto. Ci sono diversi punti irrisolti a suo vantaggio: la faccenda del computer su cui ha lavorato e poi il fatto che il borsone non è stato trovato e nemmeno l'arma del delitto.»

Con un sorriso sghembo il commissario aggiunse: «La polizia brancola nel buio, come si dice nei telefilm. E lei, Gerarda, almeno lei, ha qualcosa da raccontare? Qualcosa di interessante?»

«Forse... Sono venuta a conoscenza dell'esistenza di uno sketchbook dell'artista, Adelaide Grazzini, che come lei sa, fu uccisa nel 1958 nello stesso condominio.»

«E allora? Non mi risulta ci siano legami tra i due delitti.»

Gerarda sbuffò e scelse una donnina con la coroncina rossa, aprì la bustina e provò a dare sapore al suo tè. Lo sorseggiò, fece una smorfia. Poi disse: «Potrebbero esserci dei legami. L'artista frequentava delle persone che sono state ritratte in un quaderno. Si tratta dell'attuale Monsignore, con cui la donna all'epoca aveva una relazione, un fatto scandaloso per la famiglia di lui. Tra l'altro in uno di questi disegni c'è anche, diciamo così, un fidanzato di Luciano Mirri, il critico e collezionista dell'artista, che è quello che l'ha ritrovata morta».

«Alt, si fermi un attimo. Mi faccia capire.»

Il commissario era serio, ma Gerarda trovò nell'intonazione qualcosa che la infastidì.

Per tutta risposta gli allungò le fotocopie dei disegni dell'artista che riguardavano il Monsignore da giovane e l'amante di Mirri.

«Chi sarebbero questi due?»

«Gli amanti della pittrice. Rispettivamente il Monsignore attuale e l'ex fidanzato di Mirri... che è gay.»

«E allora come potrebbe proseguire questa storia secondo lei?»

«Lo sketchbook apparteneva alla signora Sanfilippo che l'aveva raccolto dalla spazzatura all'epoca. Qualcuno potrebbe non aver gradito che tutto tornasse a galla, considerando anche che il ragazzo ci stava lavorando per la sua tesi.»

Il commissario si limitò a dire che, quando la polizia aveva stabilito dove fossero tutti gli inquilini la sera del delitto, il Monsignore aveva detto di essere in casa come tutte le sere insieme alla sorella, e lei aveva confermato. Mirri doveva ancora essere controllato, nessuno lo aveva pensato implicato nei recenti fatti.

«Potrebbe comunque avere senso parlarci, fotocopie dello sketchbook alla mano...» aggiunse serafico.

E Gerarda dentro di sé gongolò e disse: «Lo farò di sicuro».

«No, lo farò io» ribatté sorridendo amabilmente il commissario. «Gli interrogatori sono un compito che spetta a me.»

E dietro la sua aria bonaria da dispensatore di melanzane sottolio Gerarda intravide un'altra faccia del commissario, molto meno conciliante.

Gerarda era seccatissima, ma lui tamponò la situazione dicendo: «E poi le farò un riassunto... in via del tutto ufficiosa, si capisce».

Gerarda tornò verso casa ben felice di lasciare il bar della disperazione camminando con una certa foga. Il commissario la stava sfruttando, senza troppe cerimonie.

Mentre rientrava passando per il cortile incrociò una ragazza che aveva già scorto altre volte: era la figlia degli inquilini del terzo piano. Una tipa che a Gerarda risultava un po' irritante. D'altra parte trovare qualcuno che non irritasse Gerarda era semplice come cercare uno spillo in un campo di grano.

«Sono Paola... Paola Terni...» disse bloccandola. «Abito al terzo piano. Vorrei chiederle una cosa.»

Gerarda si ricordò di essere stata informata da Tina, che a sua volta aveva interrogato la portinaia, e fornito una scheda accurata.

Paola Terni, donna, circa 20 anni, studentessa di moda allo IED, pensava di assomigliare a Katie Lawrence, quella che aveva l'ossessione delle bambole giapponesi e spendeva soldi in operazioni chirurgiche per avere la pelle color porcellana e gli occhi sgranati, mentre indossava vestiti con tre balze di pizzo rosa e calzette avorio fino al ginocchio. La signorina Terni, più modestamente, portava capelli corti di un biondo chiarissimo con il verde e il giallo sfumati sulle ciocche, vari piercing, un vestito nero con le code da smoking sopra ai pantacollant e un giubbetto di finta pelle pieno di borchie a forma di cuore.

«Di che cosa si tratta?» chiese Gerarda non proprio disponibile dopo il malaugurato tè pomeridiano, pensando che volesse interpellarla su faccende del condominio, di cui non aveva proprio nessuna voglia di discutere. Magari dovevano fare i lavori ai balconi e mettere le impalcature proprio davanti al suo appartamento. Vivere al piano terra voleva dire vedersi piombare mutande di ogni foggia e misura sulle felci, ricevere la polvere di tutti i terrazzi, l'acqua giù dai vasi, ed essere sempre disponibile per aprire un cantiere, offrire caffè agli operai.

«Be', volevo sapere di Marco. Sono pazzi quelli della polizia! Marco è un ragazzo così...» si bloccò a quel punto, afflitta, con occhi umidi e collosi.

Gerarda fu sollevata dal fatto che non si trattasse di problemi condominiali, ma evidentemente "affettivi".

«Perbene...» terminò Gerarda per tranquillizzarla con un sorrisetto di circostanza.

«Che cosa gli faranno?» chiese la ragazza spalancando gli occhi lucidi e cerchiati di nero.

«Niente. Non hanno prove contro di lui. Solo lo terranno un po' sotto pressione... Tra poco tornerà a casa.»

«Certo che non le hanno... Lui era al lavoro al computer!» proclamò diventando rossa ciliegia.

«Già, proprio così. Chi te l'ha detto?» chiese Gerarda pensando, con una punta di gelosia investigativa, che il commissario andasse in giro a raccontare tutto.

«L'ho visto. Sono andata a trovarlo...» borbottò lei.

Gerarda era allibita.

«La polizia lo sa?» chiese.

Paola borbottò abbassando gli occhi: «Non lo sa e non posso dirlo perché i miei genitori si arrabbierebbero troppo. A loro ho raccontato una cavolata. Marco ha promesso di non dirlo a nessuno!»

No, non era allibita, era immobile e asciutta come un baccalà, coperta da una valanga di sale marino. Ma quanto potevano essere idioti quei due?

«Io credo che bisognerebbe dirlo... per fortuna risulta che lui stava al computer... ma direi che, insomma, se uno ha un alibi, dovrebbe usarlo se non vuole andare in galera» buttò lì innervosita.

«Eh, già! Marco studia sempre» sospirò la ragazza.

Visto che lei non sembrava capire, Gerarda la liquidò, già stufa della sua presenza.

«Eh già... Ora vado, ho molte cose da fare.»

«Certo. Arrivederci» bisbigliò la ragazza con un filino di voce.

Gerarda rientrò in casa furente ma anche col morale ai lombrichi.

La ragazzina le aveva ricordato (non nell'abbigliamento e tantomeno nella poca perspicacia) se stessa quando si era invaghita di un assistente all'università che l'aveva seguita nella sua tesi su Dolores Prato.

Anche lui era uno che studiava sempre. Tuttavia l'aveva aiutata nel suo lavoro con una certa sufficienza, dato che quella scrittrice era poco nota e molto sottovalutata, da lui per primo. Nonostante questo Gerarda aveva sviluppato nei suoi confronti un senso di brillante ammirazione, lo aveva idolatrato e considerato al pari di un'immaginetta votiva ben riposta nel vano oggetti dell'automobile. Lo aveva fatto santo e crocifisso, e detto da lei, che di santità non voleva mai saperne, voleva dire molto. Il dottor Capozzi, così si chiamava il giovane dai ricci biondo marmellata di limoni e le mani lunghe e dorate dal sole, sapeva tutto dei futuristi e si esprimeva per iperboli, ma disdegnava cordialmente Dolores, che invece per fortuna aveva incuriosito il professore di ruolo.

Gerarda scrisse con ardore la sua tesi su *Giù la piazza non c'è nessuno*, il libro d'esordio della scrittrice prossima ai novanta anni, che per la sua età aveva incuriosito pubblico e critica. Quando Gerarda, quella sera, riprese in mano il libro nell'edizione di Quodlibet, che conteneva la versione completa del testo e non quella corretta e tagliata di Einaudi e dove c'era in copertina anche una foto della Prato, sospirò. Malgrado le correzioni e i tagli, che erano stati operati dalla Ginzburg sul suo testo, un romanzo che conteneva tutta una vita e che la Prato aveva tenuto vicino al cuore fino all'ultimo, come un figlio difficile. Di quel libro in un'intervista Dolores aveva detto: «Alla Ginzburg sono sempre stata, lo sono e continuerò a esserlo, gratissima. Lei ha amato questo libro, con quelle manomissioni voleva renderlo più accessibile. Io salto i verbi come se qualcuno mi corresse dietro; i miei passaggi sono ponti levatoi mai abbassati».

Chi non ha mai amato colui o colei che sarebbe pronto a tagliarci, mozzarci e farci a pezzi, abbassare i nostri ponti, renderci ovvi, trasformarci nelle nostre versioni migliori e più ingiuste? Pensò Gerarda.

Lo studente, l'artista, la Ciminiera, l'assistente, Mirri, Glauco, Paola, il Monsignore.

S'immerse per l'ennesima volta nella lettura delle prime pagine del romanzo; alla fine si appisolò sul divano.

13

Gerarda era pronta per la sua passeggiata mattutina. Il suo medico di fiducia, da lei soprannominato "lo Sciamano", le aveva raccomandato di camminare almeno due ore al giorno. La sua tendenza a ingrassare non era estranea a questa raccomandazione.

«Che fessa che sono stata...» si rimproverò mentre controllava la cassetta della posta ritirando la solita pubblicità, petti di pollo a due euro e cinquanta, prendi due barattoli di olive paghi uno, con una confezione da dieci di pesche sciroppate la undicesima te la regaliamo noi.

Era stizzita con il commissario perché non l'aveva ancora chiamata per raccontarle del Monsignore e dell'effetto che avevano fatto i disegni su di lui e sulla sorella. Non poteva stare chiusa in casa vita natural durante ad aspettare la sua telefonata. Non gli avrebbe più fornito informazioni preziosissime per poi essere tagliata fuori come la buccia di un formaggio alpino.

Appena uscita dal giardino del condominio vide la Angelucci, pettinatissima e truccatissima, che faceva scendere lo studente dalla sua Bianchina cabriolet per riparcheggiarla in garage. L'avevano dunque rilasciato. La Angelucci le gridò prima di allontanarsi: «Lo accompagni lei a casa. Parcheggio e vado a prendergli la mia crostata! Non ha mangiato nulla da ieri».

Gerarda non aspettava altro che quella raccomandazione, per venir aggiornata almeno su quel fronte.

Lo mise subito a sedere su una poltrona rosa corallo mezza sfondata che aveva lì buttata nella sua monocamera con angolo cottura. L'ambiente era spoglio come un albero autunnale dopo una feroce folata di vento, e decisamente in disordine, con stoviglie sporche di sugo nel lavello e barattoli di conserve senza tappo sul tavolo. Il divano letto era rimasto aperto col pigiama azzurro a pallini appallottolato in un angolo. Sulla scrivania un tappeto di appunti e libri, al centro il computer ancora acceso. Un armadietto con qualche paio di pantaloni blu e beige, due o tre giacche da giorno tipiche per gli esami, visibili dall'anta spalancata. Alcune scatole da scarpe abbandonate e vuote. In attesa, alla porta d'ingresso, delle buste stracolme con roba sporca da portare alla vicina lavanderia a gettoni. C'era però una libreria di legno di castagno vecchio stile in perfetto ordine, contenente molti tomi alti due spanne di storia dell'arte, dall'aria pregiata e costosa.

Marco sembrava abbattuto e stanco, Gerarda rimediò una sedia, non senza aver tolto una maglietta che vi era stata dimenticata sopra, e gli sedette accanto.

«Che cosa ti hanno detto in questura?» chiese.

«Niente» rispose Marco sfinito. «Solo che potevo tornare a casa in attesa di ulteriori accertamenti.»

«Ti hanno chiesto dello sketchbook?»

Il giovane, le cui occhiaie blu prugna facevano spavento,

sollevò la testa per guardarla negli occhi e stupito rispose: «No, nessuno me ne ha parlato. Che cosa c'entra con questa storia?».

Gerarda pensò che avrebbe fatto meglio a stare zitta.

«Nulla... Solo che ci stavi lavorando per la tesi» borbottò frettolosa.

«Non so se ce la farò a terminare la tesi.»

«Ma no, suvvia! L'ho dato alla signora Angelucci perché solo lei sa riconoscere le persone che vi sono ritratte. Volevo sapere chi fossero... è una storia così affascinante, i tuoi studi saranno di grande interesse.»

«È una storia triste, che porta sfortuna» dichiarò Marco sempre più cupo.

In quel momento dalla porta che era rimasta socchiusa entrò la Angelucci; avendo sentito l'ultima frase del ragazzo disse: «Ma che stupidaggine! Ti ridarò il tuo sketchbook e ci lavorerai sopra!».

«Ha ragione,» intervenne Gerarda «e vedrai che anche Mirri ti darà una mano. Non puoi rinunciare a questa bella coincidenza: il rilancio dell'artista con la mostra e la tua tesi.»

La Angelucci, con i suoi tacchi a cono che facevano tic tac, seguita dall'affannata Sissi, aveva cominciato a mettere in ordine rapidamente, tanto che Gerarda rimase colpita dalla sua efficienza. Armadio chiuso, scarpe a posto, piatti lavati in due secondi, letto rifatto e divano ben rimesso con i cuscini sprimacciati. Poi tagliò una bella fetta di crostata e la diede al ragazzo che la divorò in pochi secondi.

«Adesso un caffè!» proclamò la Angelucci guardando Gerarda, che non si mosse. E cercando la caffettiera con un sospiro disse: «Ho portato anche la polvere... Beata lei, Gerarda che ha Tina! Io ho solo la mia Matilde, che è più vecchia di me e devo pure aiutare a fare le faccende di casa».

Mentre sorbivano tutti e tre un bel caffè, l'ex attrice disse: «Questa brutta esperienza, Marco, la devi a quelle due vecchie streghe dell'ultimo piano, che magari hanno visto un'ombra e ci hanno scritto sopra un romanzo. Oppure, a voler essere buoni, le vecchie sceme si saranno confuse con l'orario».

Il fatto era, confessò il ragazzo con riluttanza, che non si erano sbagliate: «Io ci sono stato davvero una seconda volta, all'ultimo piano. Mi sono ricordato che la professoressa non mi aveva detto se voleva che le facessi la spesa il giorno dopo. Le ho telefonato ma lei non mi ha risposto e siccome era un po' sorda ho pensato di andare di persona. Sono salito su e ho suonato ma lei non ha aperto. A quel punto ho pensato che fosse già andata a letto, sono tornato giù e mi sono messo al computer. E poi non mi sono più mosso di casa».

Gerarda e l'attrice lo guardarono stupefatte.

«Perché non lo hai detto alla polizia?» chiese Gerarda.

«Be', sono stato zitto perché avevo paura. Bel momento avevo scelto per salire… Comincio a odiare anche quel dannato album.»

Gerarda pensò alle copie date al commissario e tossì nervosa. Per fortuna nessuno se ne accorse.

«Sei impazzito? Sei troppo avanti nel lavoro sulla tesi!» lo sgridò la Angelucci.

«Per adesso non lo voglio. Lo tenga pure lei, sono stravolto anche solo per pensare alla tesi, anzi, per pensare a qualunque cosa. E poi domani arriva mio padre da Lanciano, è riuscito ad avere qualche giorno libero. È preoccupatissimo, e tra l'altro non vuole che lei, signorina,» e guardò l'ex attrice «debba sostenere delle spese per me.»

Gerarda guardò Elsa con aria interrogativa, e lei puntualizzò: «Ho trovato un avvocato per lui, uno importante, un allievo del senatore… ma non vi preoccupate, a me fa un prezzo speciale, e poi il senatore è stato così generoso con me, sia da vivo che da morto, e mi ha lasciato ben provvista» sospirò con gli occhi rivolti in alto. «C'è da dire, del resto, che gli ho dedicato tutta la mia giovinezza, e, dobbiamo riconoscerlo, ero veramente un fiore.»

Era giunto il momento di lasciare da solo lo studente, perché si potesse fare una doccia e riposare. La Angelucci, seguita da una Sissi indispettita perché non le era stata offerta la crostata, uscì non senza aver prima abbracciato Marco.

Anche Gerarda si stava avviando all'uscita quando il ragazzo la fermò.

«Il commissario è stato molto gentile con me e mi è sembrato abbastanza convinto della mia innocenza. Però mi ha anche detto che bisognerà approfondire ogni minimo elemento… Che cosa intendeva secondo lei?»

«Niente di particolare. È un tipo terribilmente noioso.»

Riuscì così a strappargli un sorrisetto, poi, stremato, chiuse la porta.

E mentre anche Gerarda stava uscendo, la porta di fronte si aprì e spuntò fuori l'anziana sorella del prete.

«Potrebbe venire da me, più tardi? Le vorrei parlare.»

Gerarda rispose: «Oggi pomeriggio, verso le quattro?».

«Anche le cinque…» disse quella.

Santo cielo! pensò Gerarda avvicinandosi di nuovo al portone. *Questo condominio sembra la scena di una commedia di*

Feydeau, ogni cinque minuti si apre una porta e salta fuori qualcuno. E adesso questa che vorrà?

In quel momento però riconobbe lo squillo del suo telefono e si precipitò dentro casa. Era Rodolfo: «Gerarda, non hai idea...» e qui ci scappò un singhiozzo. «Sono a pezzi! Una sciagura dietro l'altra.»

«Che succede?» *No, no Feydeau non era mai arrivato a tanto.*

Percepì dei sospironi.

«Posso venire da te?» domandò Rodolfo in tono supplichevole.

«Ma non hai da lavorare?» chiese mostrandosi poco propensa.

«Come faccio a lavorare in queste condizioni!»

«Va bene! Vieni per pranzo?»

«Vengo subito... Sono davanti a casa tua.»

Gerarda era vestita di tutto punto e sperava finalmente di dare il via alla propria passeggiata.

«Va bene» rispose infastidita.

Rodolfo si presentò poco dopo come se fosse uscito di casa per colpa di un incendio: aveva dei vecchi jeans troppo lunghi che strusciavano a terra e un maglione non stirato. Gli occhi rossi per il pianto e i capelli gonfi e arruffati.

Gerarda preparò l'ennesimo caffè della giornata pensando: *Diventerò isterica a breve...* ma invece chiese in tono ironico: «Francesco Quinzi Valfredda... che altro ha combinato?».

«Non vuole più vedermi alla luce del giorno. Si vergogna di me. Ci possiamo incontrare solo a notte fonda a casa mia e ormai assai raramente. Guai anche a salutarci se ci incontriamo per strada. Prima pranzavamo insieme, si parlava del più e del meno. Ora sembra che mi abbia a nausea... Poi di fare sesso non se ne parla più neanche lontanamente... Viene solo per sfogarsi della sua vita di merda con la moglie. Per chi mi ha preso? Per la portinaia?»

Gerarda ebbe l'impulso di sorridere e rispondere a tono, ma lo represse.

«Avrà i suoi problemi.»

«Io lo amo e lui continua a nascondersi. La nostra relazione è rimasta sempre segreta come fosse un imbarazzo.»

«Ti dimentichi sempre che è sposato e ha anche dei figli... Quanti non ricordo... ma insomma la sua posizione scomoda la conosci da quel dì.»

«Due... Non so come abbia avuto il coraggio di fare dei figli con quel pezzo di legno della moglie.»

«Non chiederlo a me, io e la riproduzione ci siamo conosciute una volta all'ora di scienze della quinta elementare e poi mai più.»

«Comunque è più importante la carriera per lui, te lo dico io...»

«Può darsi. Non è primario in qualche ospedale e ha incarichi anche in numerose cliniche?»

«Infatti. Un giorno andrò in una delle sue cliniche e lo sputtanerò davanti a tutti... È frocio, griderò! Vedrai se non lo faccio!»

«Minacci di farlo almeno un giorno sì e uno no. Lascialo perdere. È già un miracolo che continui a cercarti.»

Rodolfo la guardò con stupore misto a odio puro.

«In che senso, scusa?»

«Mio Dio! Hai la tua età, Rodolfo, e invecchiando non diventiamo più sexy. Se non ti preferisce ancora un ragazzo più giovane ti puoi ritenere fortunato.»

«Pure! Che ne so io se ha un altro?» ribatté piccato.

«Mi pare difficile. È primario, lavora pure nelle cliniche, ha una moglie e due figli e almeno una volta a settimana viene da te. Dove lo troverebbe il tempo?»

«Forse qualche giovane dottore, con gli occhiali e i denti perfetti» ribatté Rodolfo, ma già si stava acquietando.

«Oh, ma finiscila, di sicuro è interessato a te» sorrise aprendo sul tavolo una scatola di cioccolatini a forma di conchiglie.

Lui adocchiò un cioccolatino, lo pescò e se lo mangiò con gusto.

«Forse il tuo crudele realismo funziona.»

«Vorrei ben dire, il pessimismo è l'agio della vita.»

«Posso fare qualcosa per te già che sono qui?» Rodolfo passò al secondo cioccolatino a forma di stella marina.

«Be', potresti… con questa storia degli omicidi. Tu conosci tutti… e prima che tu faccia dell'inutile sarcasmo, è vero, lo ammetto, ormai sto indagando sulla faccenda.»

«Sono contento, le prese di coscienza fanno bene alla pelle. Ma che altro posso dirti che già non sai?»

«Parlami di tale Glauco, per esempio. Mi sono ricordata che mi avevi detto che era stato anche lui un amante dell'artista.»

«Sì, dopo l'omicidio è andato in Francia da una zia. Aveva solo venti anni. Ma poi è tornato in Italia e credo si sia riappacificato presto con Mirri. Io l'ho conosciuto allora. Era un gran bel ragazzo che voleva diventare un artista e per questo Mirri lo ha circuito con la storiella che l'avrebbe promosso nell'ambiente e invece se l'è ripreso come amante e da allora vivono insieme.»

«Da allora lo tiene in casa come se fosse un criceto vorrai dire... Pensi che potrebbe sapere qualcosa sulla morte della Grazzini?»

«Non lo so... Certo, ne era rimasto sconvolto, perché è partito quasi subito dopo.»

«Già... qui tutti erano sconvolti, ma qualcuno l'ha pure accoppata.»

«La tua testolina sta producendo pensieri nefasti» ridacchiò Rodolfo.

«Sai qual è il mio pensiero nefasto?» fece Gerarda. «Tra una storia e l'altra tu sei praticamente l'uomo della mia vita: non ho mai avuto una relazione con un essere di sesso maschile da così tanti anni.»

Rodolfo sorrise e si fermò a pranzo.

Per fortuna Tina aveva cucinato delle ottime lasagne al pesto.

14

Quel pomeriggio, seduta rigida come uno stoccafisso su una sedia del soggiorno, la sorella del Monsignore le raccontò, con voce da oratorio, che l'appoggio e l'affetto di suo fratello l'avevano salvata dal perdere il senno, perché la madre la teneva segregata. Quella era stata una donna di granito, dura e tiranna, rimasta vedova, e da allora aveva dominato i due figli.

Suo fratello aveva trovato conforto nell'amore verso l'artista, che l'aveva visto per strada una volta e gli aveva chiesto di posare per lei.

«Mio fratello era innamorato» disse Caterina Zampieri con aria di sfida «e lei gli aveva detto che era un ragazzo di una straordinaria sensibilità. In realtà Adelaide era una donna fuori dal comune, non una svergognata. Io lo sapevo bene perché mio fratello si confidava sempre con me. Mi raccontava quanto fosse felice con lei...» la donna abbozzò un sorriso in quel suo volto pieno di pieghe da statua rinascimentale.

Proseguì raccontando che purtroppo la madre aveva scoperto tutto e aveva trascinato il figlio diciottenne su al nord.

«L'artista fu uccisa proprio mentre voi tre eravate in viaggio, non è vero?» Gerarda voleva accertarsi che la madre del Monsignore fosse fuori dal novero dei sospettati.

«Sì, l'abbiamo saputo una volta arrivati a Treviso, città d'origine della nostra famiglia, dove avevamo numerosi parenti. Mia madre aveva lasciato il numero di telefono di una nostra zia alla portinaia di allora.»

«Lei è tornata a Roma con sua madre. Come mai l'avete lasciato solo?»

«Io avevo davanti una sola opzione. Accollarmi mia madre portandola via in modo da attenuare il dolore – anche fisico – di mio fratello, a cui lei si dimostrava totalmente insensibile. Del resto non avrei potuto seguirlo, viste le intenzioni di mamma di affidarlo ai preti. Poi lo stesso Gabriele si convinse ad accettare di entrare in un collegio religioso ma scelse quello di Assisi per stare lontano dalla famiglia.»

Le labbra le tremarono e dovette reprimere l'impulso di piangere.

Gerarda non si scompose: le donne del sacrificio non le erano mai piaciute.

«Che cosa successe nel collegio? Il ragazzo riuscì ad ambientarsi?» chiese ancora.

«All'inizio no, non parlava e stava sempre da solo. Mi scriveva lettere disperate di dolore e d'isolamento fisico e spirituale. Poi finalmente successe qualcosa...» ma si fermò di nuovo perché la voce si ruppe.

«Qualcosa di positivo, spero. Adesso mi pare che goda di molta considerazione.»

Caterina Zampieri sorrise a pieno, con gli occhi addolciti, confortata da quell'inaspettata solidarietà di Gerarda.

«Sì, è vero, successe qualcosa di positivo, ma ci volle molto tempo e soprattutto nella grande tristezza e solitudine trovò conforto quando conobbe una persona pia, un sacerdote misericordioso, che lo prese sotto la sua ala e lo aiutò a trovare la serenità di spirito nello studio della religione. Fu così che mio fratello entrò in seminario e decise a sua volta di farsi prete.»

«E lei, signorina, come superò quella terribile situazione? Mi pare d'aver capito che non fu facile nemmeno per lei...» disse Gerarda dolce come le caramelle mou. Le donne del sacrificio amavano essere compatite.

«Oh, è una storia lunga e tutt'altro che edificante. Anch'io ero infelice come mio fratello. Mio padre era stato un funzionario fascista di Treviso, un uomo che fin da ragazzo aveva aderito al fascismo della prima ora e aveva partecipato persino alla marcia su Roma. Si era laureato a Padova in Economia e commercio. Sposò mia madre quando ancora erano molto giovani. Mia madre era una ragazza di ottima famiglia, anche lei iscritta ai fasci femminili. Lui fece una rapida carriera nel partito fascista che lo portò a Roma, dove andò a vivere insieme a mia madre nel quartiere Prati. Avevano una bella casa e...»

Gerarda, interessatissima, la interruppe per chiedere: «Di che cosa si occupava a Roma?».

Caterina arrossì e un po' infastidita dalla sua domanda rispose: «Naturalmente, viste le sue convinzioni politiche, lavorava per l'OVRA, che Mussolini istituì nel 1930. E aveva tutta una serie di informatori. Quando nacque la Repubblica Sociale, nel 1943, mio padre dovette rifugiarsi al nord e mandò mia madre e noi figli dai nonni materni a Treviso. Lui è morto poi sotto un bombardamento, a Milano, e alla fine della guerra mia madre si spostò di nuovo a Roma, più che altro perché a

Treviso tutti sapevano troppo su mio padre. In una città così grande, mia madre pensò che saremmo stati meno esposti alla maldicenza.»

«Ma come avete fatto? Avevate dei mezzi di sostentamento a quel punto?»

«Be', mia madre era maestra elementare e trovò facilmente lavoro a Roma. Poi mio padre non l'aveva lasciata completamente sprovvista di denaro, e anche la famiglia di lei la aiutò. Per un po' di tempo siamo stati in affitto, poi nel 1955 mia madre poté comprare un appartamento in questo condominio che allora era nuovissimo.» A quel punto Caterina fece un mezzo sorriso, si vedeva che era affezionata a quel posto.

«Quanti anni aveva lei?»

«Io avevo venticinque anni. Ero una ragazza normale come tante.»

«Non ha qualche foto di allora?» domandò Gerarda ormai sull'onda della curiosità.

Non sperava in quello che successe dopo.

Caterina si alzò e andò a prendere su una consolle un suo ritratto incorniciato. Era una ragazza carina quella che le venne mostrata: bionda, capelli legati, posata, a misura di buone maniere, occhi celesti, l'aria di chi ha paura della propria ombra. Ora gli occhi si erano ingrigiti come i maglioni nelle soffitte, si erano spenti: erano diventati due cubetti di ghiaccio abbandonati sul fondo di una tinozza argentata.

«Ha studiato? A quei tempi non era facile per una ragazza.»

«Infatti... sono andata a scuola solo fino a quattordici anni, anche se avrei voluto studiare per diventare maestra d'asilo, ma mia madre non era d'accordo.»

Il viso le si era indurito e si era di nuovo bloccata nel racconto.

«Come mai?»

«Mia madre aveva bisogno di me a casa. L'aiutavo con le faccende e badavo a mio fratello, visto che lei lavorava.»

«Certo sua madre non è stata molto tenera con voi.»

«Era durissima...» completò la Zampieri con un lieve sorriso sulle labbra. «Pensi che sono arrivata a pensare che mia madre nutrisse una sorta di odio per noi, i suoi figli. Si lamentava quando era chiusa in camera da letto con mio padre, che la costringeva ai suoi doveri coniugali, così li chiamava, rimproverandola anche a tavola, davanti a me. Tra la mia nascita e quella di mio fratello sono passati dieci anni, credo terribili per lei. La sua idea di madre era quella di una sovrana a cui dedicare per tutta la vita un'obbedienza assoluta. Ho dovuto assisterla fino alla vecchiaia e farle praticamente da serva, da ancella, da infermiera...»

«Come ha potuto resistere?» domandò Gerarda con un accondiscendente tono partecipativo.

«La mia unica consolazione è stato mio fratello: un bambino dolcissimo e poi un uomo meraviglioso. Solo a lui ho potuto dare tutto l'affetto di cui ero capace: gli ho fatto praticamente da madre, sono stata la sua confidente e ne sono stata ripagata in mille modi. Gabriele non mi ha mai abbandonata.»

La donna si sciolse in lacrime, come fontana e cascata di fiume. Gerarda era imbarazzatissima e prontamente le prestò il pacchetto dei fazzoletti di carta. Una persona in lacrime le faceva lo stesso effetto di un uomo sul palco di un teatro che dimentica di continuo le proprie battute.

«Quando vostra madre è morta, che cosa è successo?» ebbe comunque la sfrontatezza di chiedere.

«Gabriele ebbe un'idea un po' pazza. Fece portare via tutti i mobili e perfino le lenzuola e le pentole, insieme ai busti di Mussolini e le foto con i fasci femminili...»

La donna piangeva e rideva ricordando quell'episodio della loro vita con una grande ed evidente soddisfazione. «Comprò in blocco un nuovo arredamento. Niente di che... quello che vede qui.»

Gerarda girò lo sguardo intorno e notò un arredo anonimo tipico della fine degli anni '70.

«Comprò persino nuovi piatti, nuove stoviglie, nuove tende e fece ridipingere l'appartamento. Non c'era più nessuna traccia di mia madre...»

Per la prima volta Gerarda osservò davvero la donna che aveva davanti: doveva avere più di ottanta anni, i capelli bianchissimi acconciati in una treccia rigirata intorno alla testa, un vestito carta da zucchero molto severo e per camminare si appoggiava a un bastone nodoso. L'aveva vista raramente uscire di casa. Il suo viso si illuminava solo quando parlava del fratello.

«Che cosa pensa suo fratello di questo nuovo omicidio?» chiese Gerarda a bruciapelo.

L'altra s'incupì.

«Nulla! Che deve pensare? Non può essere torturato anche da questa storia! Le sue domande lo hanno sconvolto, lo sa? E adesso la polizia lo sta interrogando. Ma perché? È tornato a casa distrutto, non lo vedevo così da quando "lei" è morta. Per favore, lasciatelo in pace!»

«Non si preoccupi, nessuno dubita del Monsignore...» mentì l'altra e si congedò rapidamente.

A questo punto Gerarda, per poter ragionare in solitudine, decise di fare la famosa passeggiata che le era stata preclusa quella mattina.

Uscendo incontrò un uomo vestito in modo troppo giovanile per la propria età (doveva avere tra i quaranta e i cinquant'anni), in un costosissimo giubbotto di pelle, con sopracciglia depilate e barba a filo.

La quintessenza del burino! pensò Gerarda, e mentre lui prendeva l'ascensore le venne il sospetto che si trattasse del figlio di una delle Signorine.

Proseguì, ignorando il telefono che a casa sua squillava di nuovo.

15

Questi broccoletti sono più morti della Sanfilippo pensava Gerarda, aggirandosi tra i banchi della verdura del gelido supermercato vicino casa, dove c'era sempre una temperatura da *morgue*.

E, in effetti, la maggior parte della merce esposta sembrava pronta per l'autopsia, dalla frutta ai formaggi, per non parlare dei banconi della carne davanti ai quali di solito Gerarda affrettava il passo tappandosi il naso.

Anni prima aveva dovuto fare un lentissimo viaggio su una strada provinciale di avvallamenti e tronchi recisi che portava nelle campagne del reatino, sul SUV nero guidato da Ennio Augusto Capece, che l'aveva obbligata a seguirlo nella sua casa di campagna per dare l'ultima occhiata a uno dei romanzi. Si era trattato di una sceneggiata, là Gerarda aveva trovato ad aspettarli la bionda e prosperosa amante di Capece: il lavoro doveva fungere da copertura a beneficio della moglie rimasta in città.

Era stato uno dei fine settimana peggiori della sua vita, quello, e aveva prodotto conseguenze durature: la loro auto, infatti, per chilometri e chilometri si era mossa alle calcagna di un camion carico di vitelli diretti al macello, che Capece, guidatore prudente, non era mai riuscito a superare perché la strada era piuttosto stretta. Gli animali l'avevano guardata, coperti di merda fino alle cosce, col muso affacciato, e lei aveva guardato loro. Da allora Gerarda non era mai più riuscita a mangiare un grammo di carne suina, equina, bovina, caprina, ovina o di qualunque altro tipo.

Questa volta, però, fu costretta a fermarsi proprio lì, davanti a quel bancone, perché la voce unta di una delle Signorine, la più giovane, la bloccò. Gerarda sperò di cavarsela con il solito «buongiorno/buonasera», ma tra un sorriso e un «come sta?» le due la costrinsero a sostare.

Aveva da un lato le loro facce incipriate piene di rughe, borse sotto gli occhi, bargigli penduli o doppi menti, palpebre gonfie, nasi a punta che fremevano insieme, in compagnia del loro carrello, e dall'altra il bancone pieno di bestie assortite fatte a pezzi, tritate, affettate e incartate, servite a polpettone, in comode braciole, già arrotolate con pancetta e rosmarino. Con un brivido, Gerarda notò che il carrello delle due sorelle conteneva una gigantesca confezione di animelle e mezza testina d'agnello col suo mezzo cervello, la mezza lingua, l'unico occhio appannato. Pina, quella paffuta che da giovane era stata piacente, notando il suo sguardo, disse: «Ha visto, siamo state fortunate a trovare la testina e le animelle, non ce le hanno quasi mai, oggi sono poco richieste, le donne non vogliono più perdere tempo a cucinare».

«Sì,» fece l'altra sorella, Elide, quasi nervosa «con la scusa che lavorano... E poi certo che i matrimoni si sfasciano. Nostra madre ce lo diceva sempre, che gli uomini si prendono per la gola, e a cucinare le animelle ce l'ha insegnato quando eravamo alte così...» e fece un gesto per indicare un'altezza che sembrava alludere a bambine di appena sei anni.

Intervenne Pina: «Piacevano tanto al povero Massimo, mio marito, specialmente con i carciofi che è la morte loro. Ma da quando lui è defunto non le preparo più: sa, subito prima dell'infarto che se lo è portato via se n'era mangiati tre piatti, di animelle coi carciofi, e adesso non le posso proprio vedere, troppi brutti ricordi! E così da allora le faccio con i piselli. Se le va, una volta gliele preparo e gliele porto, le assaggia...» concluse la sua magistrale descrizione con un radioso sorriso, esibendo una dentiera in porcellana.

Gerarda confessò, stizzita e turbata all'idea di due bambine in età appena scolare che infarinavano interiora d'agnello per friggerle gustosamente nel burro, di non mangiare carne, e le due signorine la guardarono come se avesse il colera.

Poi Pina disse: «Be', il mondo è bello perché è vario» ma con l'aria di non crederci affatto, sia alla varietà che alla bellezza del mondo.

Gerarda provò a dire che doveva finire di fare la spesa perché poi aveva un appuntamento, ma le due fecero finta di non aver sentito e passarono all'argomento del giorno: il delitto.

«La polizia ci ha interrogate» iniziò a raccontare Pina stizzita «non si sa quante volte, e solo perché abbiamo detto di aver visto Marco sul pianerottolo, quella sera...»

«Abbiamo fatto il nostro dovere...» aggiunse Elide.

«Sì, gli abbiamo detto la verità e quelli lo hanno lasciato andare!» Pina era indignata.

«Abbiamo visto che l'hanno rilasciato...» aggiunse l'altra risentita.

«Ecco cosa ci si guadagna a fare i bravi cittadini...» disse Pina con una piega amara sulle labbra, poi aggiunse: «Ma noi siamo sicure, proprio sicure, figuriamoci, di averlo visto quella sera. Con tutti gli zingari e gli extracomunitari che ci sono in giro, e la portinaia che fa entrare chiunque, non si può mai sapere e allora noi controlliamo sempre, quando sentiamo la porta dell'ascensore che si apre».

Ah, interessante! pensò Gerarda. *Vuol dire che se uno sale a piedi vi frega...* Ma rispose con un asettico: «La polizia ha i suoi metodi, si sa...».

Intanto quelle due non intendevano mollare la conversazione, infatti Pina riprese a sfogarsi come un torrente sopra i mille metri: «Noi glielo avevamo detto all'avvocato Concini, che è il padrone del monolocale, di non affittare agli studenti, che poi le conseguenze si vedono. Sa, noi siamo capofabbricato e al condominio ci teniamo: è sempre stato un ambiente pulito e perbene. Cioè, quasi, visto che ci abita pure l'Angelucci, che lo sappiamo tutti come si è guadagnata il vitalizio e l'appartamento... Non per parlare male, ma che vita faceva non è che non si sappia».

«Eh, già!» aggiunse l'altra. «Adesso questa storia della morte della vecchia matta, è una vergogna! Una cosa così abbassa il valore della proprietà, non le pare?»

La sorella lanciò uno sguardo di rimprovero a Elide: si era sbilanciata troppo contro la ex vicina.

Gerarda, sempre più scura in volto, cercò di infilare una parola in quella specie di duetto fra le due diaboliche creature (una cominciava le frasi e l'altra le finiva), ma non ci riuscì perché Pina la incalzò: «Certo che solo a pensarci c'è da morire di paura, noi la sera ci chiudiamo col paletto e mettiamo pure una sedia contro la porta».

«Ma voi che siete così attente e perspicaci» riuscì finalmente a dire Gerarda «non avete sentito proprio niente, delle voci, rumori di lotta, qualcosa, la sera del delitto? Solo lo studente che saliva e scendeva?»

«Be', i rumori della casa di fronte non si sentono, sa? Non abbiamo nessuna parete in comune.»

Altrimenti stareste tutto il giorno con l'orecchio incollato al muro, pensò Gerarda. «Perciò sentiamo solo quello che succede sul pianerottolo.»

«E in terrazzo...» aggiunse Pina dopo una piccola pausa. «Perché i nostri due terrazzi confinano, sa? E infatti il giorno prima che la "povera professoressa" morisse abbiamo sentito lei e la Angelucci che bisticciavano proprio sul terrazzo. Quante se ne sono dette. E pensare che sembravano tanto amiche...»

Gerarda bolliva come una pentola di minestrone sul fuoco e, per sua fortuna, in quel momento una signora chiese permesso, perché con loro tre lì davanti non arrivava alle bistecche. Così lei riuscì frettolosamente a filarsela mormorando scuse vaghe e saluti, il suo viso era di travertino e i suoi occhi brillavano furia; si diresse verso la cassa.

Mentre spingeva il carrello a tutta velocità si rese conto di colpo che, forse per via dell'ora, il supermercato sembrava un gerontocomio: c'erano soltanto vecchi, da soli o accompagnati da qualche badante, vecchi che si appoggiavano a bastoni, usavano il deambulatore, si rigiravano lungamente tra le mani un pezzo di formaggio, o palpavano pomodori e lattughe. E con un ulteriore brivido Gerarda si chiese quanto tempo ci sarebbe voluto perché anche lei entrasse a far parte di quella pallida schiera. Non riusciva neppure a provare antipatia (piuttosto era vero e proprio orrore) per le due signorine, che l'avevano tenuta lì bloccata per riversarle addosso un mare di ovvietà e sciocchezze: erano vecchie, davvero vecchie, e tutto, nel loro abbigliamento curato e fuori moda, come nei loro corpi diversamente disfatti, parlava di una lotta silenziosa e tenace contro il tempo che passava, di uno sforzo terribile e quasi epico per non mollare, non crollare a terra in cocci. E sarebbe bastato questo, pensò Gerarda, per mettere in secondo piano il fiume di pregiudizi, timori assurdi, pettegolezzi e malignità che usciva dalle loro bocche. Temeva anche per se stessa questa deriva: odiare il mondo eppure coltivare l'utopia di poterlo abitare per sempre.

Mentre attraversava il cortile del condominio, Gerarda incrociò la portinaia Luana che si guardava intorno fumando placida, e non resistette all'idea di stuzzicarla per avere qualche informazione in più sulle due sorelle.

«Ho incontrato al supermercato le Meloni. È vero che da ragazzine abitavano qui nel suo appartamento?»

Era una tale banalità ma poteva essere una buona esca.

«*Sine*» fece Luana soffiando fuori dalla bocca il fumo come un camino in preda a una folata di vento. «Però so' del Quarticciolo. Il padre prima che nascessero faceva il macellaio a Borgo, ma quando demolirono la "spina di Borgo" furono costretti ad andarsene. Il padre aveva una gamba più corta dell'altra e non l'avevano mandato in guerra... però campava con la borsa nera e facendo la spia per i fascisti. Nel '44 è morto. Per la verità non si sa bene come. Mi sa che l'hanno ammazzato.»

«Mi sembrano due, *ehm*, brave persone anche se...»

«Anche se so' due linguacciute e secondo me pure poco timorose di Dio.»

«Ah, dice? Lei è molto religiosa, vero?»

«Io? Io sono seguace di Padre Pio più che altro.»

«Ah, ho visto le foto... e come mai?» borbottò Gerarda fingendosi interessata.

«Io ci sono stata con mia madre da ragazzina da Padre Pio... Lo sa che profumava?»

«Cioè?»

«Non un profumo qualsiasi, magari che ne so di lavanda... no, profumava d'incenso e di erbe mischiate. Una cosa meravigliosa!»

«Be', poteva essere un profumo d'erboristeria.»

«Macché! Lo spandeva intorno a tutte le ore. Ci sarebbe voluto un bottiglione di profumo sotto la tonaca! E poi aveva le stimmate. Un professore famoso di Barletta, mandato dai vescovi, disse che secondo lui quelle ferite non erano superficiali perché col pollice si sentiva il vuoto sotto. Capisce? Era il segno dei chiodi della croce.»

Gerarda fece sì col suo solito sorrisetto delle circostanze che riteneva di nessun interesse ma non doveva darlo a vedere, e poi girò di nuovo la conversazione sulle sorelle Meloni.

«Come sono arrivate fino a qui?»

«Eh, è una storia lunga! Dopo che il padre morì stavano davvero in mezzo ai guai.»

«Perché? Che cosa era successo nel frattempo? Mi scusi, ma m'interessa saperne di più perché in fondo è storia di questo condominio, mi pare...» buttò lì Gerarda.

«Venga dentro a prendere un caffè che glielo racconto» disse Luana con un sorrisetto: evidentemente anche a lei piaceva parlarne.

Davanti a due belle tazze di caffè, Luana, che lo gradiva forte e lo prendeva sempre alla torrefazione, cominciò il racconto.

«Dopo la morte del padre erano finite a vivere in uno scantinato, la madre non le mandava più a scuola, ma le mandava a lavorà. La più grande da un vinaio che la mise a lavà i vuoti e a servire, la piccola da una vecchia che la trattava da serva e che come salario le dava solo da magnà due volte al giorno. S'immagini lei che pasti che erano! Due croste di pane che avevano visto un po' di formaggio...»

Gerarda non era per nulla impietosita.

«E poi quando hanno risolto questa vita così miserabile? Con il portierato?»

«La madre frequentava la parrocchia perché era bigotta e perché ci rimediava sempre qualche cosa. Le figlie la seguivano ovunque e soprattutto in chiesa.»

«Che età avevano allora?»

«Avranno avuto quattordici una e diciassette l'altra. Andavano sempre a rimedià i vestiti usati, quelli scartati dalle "signore", che avevano pure un'associazione e indovini un po' chi ne faceva parte?»

«Chi?» fece Gerarda curiosa.

«La signora Zampieri, che Anna conosceva già perché il macellaio aveva fatto comunella col marito nell'ufficio dell'OVRA...»

«Ah, già, era fascista pure il macellaio» osservò Gerarda.

«Secondo me al macellaio non gliene importava proprio

un… niente della politica, lui faceva l'informatore perché Zampieri l'aveva beccato e gli permetteva di continuare la sua attività di borsa nera in cambio di denunce su altre persone. E allora abbacchi e costolette venivano consegnati dalla moglie di Oreste, Anna, direttamente alla moglie di Zampieri, la signora Giuditta.»

«E allora a quel punto la madre del Monsignore ha rivisto in parrocchia la moglie del macellaio?»

«*Sine*» fece Luana accendendosi un'altra sigaretta. «È stato così che la madre delle Signorine s'è presa il portierato, perché la Zampieri s'era da poco trasferita qui.»

«Una coincidenza legata ai crimini di guerra…» fece Gerarda. «Ma non capisco come poi le Signorine siano diventate, non dico ricche, ma piuttosto agiate.»

«M'ha raccontato tutto la precedente portinaia. La madre, pure se ormai la vita loro s'era un po' aggiustata, controllava le figlie in tutto e per tutto. Le figlie dovevano esse' prima di tutto ragazze "per bene" che dovevano restà vergini fino al matrimonio e dovevano preparà il corredo, guai a guardà l'omini, non se ne parlava di truccasse, vestisse e pettinasse come chiedeva la moda. Pare che girassero tutte e due con la treccia e con vestiti accollati e belli larghi… Per Elide che era brutta come la morte (e ancora adesso con quel naso a becco e quel neo peloso fa paura) era facile dà retta alla madre, ma Pina era differente…»

«Sì, me l'hanno detto, ma era proprio bella secondo lei?»

«No, aveva un'aria provocante pure vestita come una suora e attirava i maschi come fossero api sui fiori. La sorella pare che un giorno l'ha sorpresa a pomicià con un garzone di fornaio. Pina però aveva capito dai discorsi della madre che non era il caso di concede' troppo ai giovanotti. Poi è successo che un inquilino del palazzo, un ingegnere grasso e ricco che si era trasferito a Roma dall'Emilia Romagna, comprò un attico di questa palazzina nostra, e notò questa ragazza così belloccia e je fece la corte fino a chiederla in sposa. Pare che a Pina non piacesse, ma dato che la madre non vedeva l'ora, l'ha sposato. La madre morì poco dopo e allora Elide andò a vive' con la sorella, che non era per niente contenta del matrimonio. Lui invece pare che fosse in ginocchio davanti alla moglie, la copriva di regali e cercava pure di farla diventà meno ignorante. Lei era contenta, aveva pure una domestica. Anche se...»

La portinaia si fermò nel racconto per bere un'altra tazza di caffè ormai freddo.

«E poi che cosa è successo?» Gerarda non vedeva l'ora di avere una conferma sulla faccenda delle animelle.

«Lui a un certo punto è schiattato! Ma prima è nato er fijo. Però pare che ci fosse di mezzo l'idraulico del quartiere che era un bel giovanotto e che ronzava intorno alla madre da un bel po', perché il ragazzino non somigliava per niente al "padre".»

«Ma l'ingegnere, il marito, che ne pensava?»

«Boh, dicono che dava di matto per 'sto fijo! Purtroppo però poco dopo è morto stecchito, a forza di mangià le animelle» concluse Pina con una risata gorgogliante.

«Coi carciofi.»

«Certo, coi carciofi, tre piatti! Infarto fulminante» e rise ancora sfrenata.

Gerarda stava per sentirsi male al solo pensiero: «Il figlio delle Signorine è quel tipo piazzato che vedo ogni tanto salire su?».

«Mi sa di sì... L'hanno chiamato Oreste come il nonno, non

ha mai conosciuto il padre, ma ha due madri (nel condominio lo chiamano il figlio della Signorine) ed è stato cresciuto come un reuccio. Mi pare che fisicamente somigli alla zia, e quasi niente alla madre. Si veste alla moda e vive da solo in un appartamento di lusso alla Balduina, cambia spesso macchina e pure ragazza. L'università non l'ha fatta ma sta sempre ad aprì qualche attività...»

A quel punto si affacciò alla porta, che rimaneva sempre aperta, un inquilino che abitava al terzo piano della palazzina. Alberto Vecchi, di solito un uomo trasparente: lo si vedeva pochissimo, a volte qualcuno lo incontrava mentre usciva la mattina prima delle otto, oppure quando tornava la sera, piuttosto tardi. Era di Milano e parlava con uno spiccato accento del nord. Un giovanotto magro dai polsi sottili, biondiccio, la faccia aguzza, sempre agghindato pronto per una festa. Possedeva una macchina di lusso, rossa e nera, che dava nell'occhio come un diamante rivolto al sole. Nessuno poteva vantare di aver mai messo piede in casa sua, dove una silenziosa domestica filippina faceva le pulizie e poi se ne andava, senza neanche scambiare due parole con Luana.

«Mi ha cercato la polizia ultimamente?» chiese col viso paonazzo e il fiatone.

«Ha cercato tutti! Non s'è accorto che c'è stato un omicidio qui nel condominio?» domandò a sua volta Luana sbuffandogli in faccia il fumo della sigaretta.

«Cosa? Chi è morto?» chiese lui spalancando gli occhi verdognoli.

«È morta la professoressa dell'ultimo piano» rispose Gerarda.

«La professoressa?» chiese Alberto stupito.

«Quella dell'ultimo piano che raccoglieva la carta» specificò Luana.

«Oh, quella matta! Ma io non la conoscevo nemmeno!»

«Tutti siamo sospettati» decretò Luana.

Il giovane disse: «Roba dell'altro mondo!» e se ne andò senza neanche salutare.

Gerarda chiese: «Chi era quello?».

Luana rispose: «Il broker, che poi non lo so mica che vor dì, venderà la verdura, forse».

16

Il commissario Laguardia aveva convocato Gerarda per le undici all'Orto botanico davanti al bosco dei Bambù.

Gerarda avanzava, vestita con un tailleur sgraziato che la faceva sembrare più fuori forma di quanto fosse, per il viale delle Palme e stava pensando al borsone che, se ritrovato, avrebbe potuto incriminare lo studente. Il commissario la salutò con un sorrisetto tra l'ironico e il benevolo.

«La prossima volta mi darà appuntamento in salumeria davanti al reparto pesto e insalata russa?» lo apostrofò.

«Lei mi è proprio simpatica, Gerarda» rispose lui morbido e setoso.

«Bando ai lisciamenti di pelo, che novità ha?»

«Prima le signore...» la invitò lui con un gesto galante.

Gerarda sbuffò, ma poi raccontò con dovizia di particolari che aveva incontrato la sorella del Monsignore e concluse, usando appositamente la prima persona plurale: «Dobbiamo escludere il Monsignore dall'assassinio dell'artista perché era in viaggio con la sorella e la madre quando è stata assassinata, ma potrebbe essere coinvolto in quello della Sanfilippo a causa dei disegni... Questo per dire che penso che i disegni siano importanti».

Laguardia sospirò: era testarda quella donna, non pensava ad altro che alla storia della Grazzini. Le rispose didattico: «In realtà dobbiamo escluderlo pure dall'assassinio della Sanfilippo, che è l'unico che m'interessa, dato che spero si renda conto una volta per tutte che quello dell'artista è un caso irrisolto da troppo tempo».

«Ma ci potrebbero essere dei collegamenti» provò a ribellarsi Gerarda.

«Tecnicamente è una pista gelata, più che fredda» aggiunse il commissario con la sua solita aria ingannevolmente mite e svagata. «È inutile starci dietro.»

«Perché? Non è una coincidenza curiosa, un altro crimine nello stesso condominio?» chiese Gerarda insistente e anche seccata.

«Perché il Monsignore ha riconosciuto subito di essere lui quello rappresentato nel disegno dell'artista e non gliene importa proprio niente dell'eventuale scandalo nel caso gli schizzi vengano resi pubblici. "A chi vuole che interessi", mi ha detto abbastanza giustamente, "cosa facevo o non facevo a diciotto anni. Mica sono una celebrità, e i miei superiori ne hanno viste e forse anche fatte di peggio, di molto peggio." Non fa una piega effettivamente.»

«Be', secondo me qualcosa da approfondire potrebbe esserci.»

«Insomma,» disse il commissario che stava per spazientirsi «non mi sembra proprio il tipo che uccide perché non vuole far sapere cosa combinava da ragazzo. Senza contare che soffre ancora per la morte della Grazzini, si vede benissimo che la ferita non si è mai rimarginata. E oltretutto, anche se non volessimo credere alla sorella, il suo alibi è rafforzato dal fatto che, all'ora in cui la signora Sanfilippo veniva uccisa, un prete della chiesa dove dice messa lo ha chiamato al telefono e gli ha parlato a lungo di un caso pietoso che necessita di aiuto. Ho la conferma di questa chiamata anche dai tabulati.»

Si era alzato un vento fresco, era una primavera un po' fredda. Gerarda aveva una giacchetta corta, e rabbrividendo dovette ammettere: «Non ci ho mai creduto tutto sommato nemmeno io alla colpevolezza del Monsignore, o comunque non dopo averci parlato».

«Quindi» disse il commissario un po' ironico «il Monsignore non è più nella lista dei "nostri" indiziati.»

«Non intendevo affatto accusarlo» ribadì seccata.

«Potremmo persino scoprire che la morte della signora Sanfilippo è stata la conseguenza di uno dei soliti furti in appartamento ai danni di donne anziane, come ne succedono tanti a Roma.»

Gerarda irritata si alterò: «Sta sposando la tesi della mia donna delle pulizie».

«A volte il colpevole è quello più ovvio, nonché il movente» disse allora Laguardia sorridendo. «È vero che la categoria delle vecchie signore è quella più facile da derubare, però...»

«Però?» lo incalzò Gerarda, che aveva fatto una smorfia di disappunto forse pensando che anche lei rientrava nella categoria "signore di una certa età che vivono sole".

«Però nel caso dei delitti veri e propri è abbastanza raro che gli assassini siano dei perfetti estranei, sa? Spesso si tratta di persone di famiglia, per esempio nipoti tossicodipendenti o semplicemente avidi, oppure gente che in qualche modo le conosceva, che sapeva quando prendevano la pensione, che aveva sentito dire che tenevano soldi in casa... Qualcuno che, per prenderle di mira, doveva almeno sapere qualcosa su di loro.»

«Perciò l'ipotesi che si tratti di un componente del condominio, o che comunque abbia qualche legame con chi ci vive non è peregrina...» lo incalzò Gerarda.

«Deve per forza trattarsi di qualcuno che sapeva dei soldi, perché il fatto che la Sanfilippo sia stata uccisa subito dopo averli ritirati non può essere una semplice coincidenza» disse Laguardia. «Stiamo verificando la situazione patrimoniale di tutti, le amicizie degli inquilini, i loro possibili legami con persone un po' dubbie. E non ci siamo certo dimenticati degli impiegati della banca, che ovviamente sapevano dell'incasso in contanti, una cosa molto, molto insolita, e avrebbero potuto parlarne in giro. Ci vorrà solo un po' di tempo... Lei resti vigile, Gerarda.»

Dopo questa incitazione allo spionaggio condominiale, il commissario si congedò con un bel sorriso dicendo «A presto!».

Gerarda tornò a casa infreddolita e davanti alla porta di casa, ad aspettarla, trovò Capece in persona.

Di fronte allo stupore tutt'altro che entusiasta di Gerarda quello disse, con un tono carezzevole, come se parlasse con una bambina aggrappata per dispetto alla manica di una giacca: «E allora? Non vuole più occuparsi di me?».

Gerarda, che era stata colta in contropiede e non sapeva bene come comportarsi, dovette invitarlo a entrare. Capece si accomodò sul divano, accendendo subito una sigaretta ben sapendo che Gerarda detestava il fumo.

La star, il personaggio, il capriccioso. Gerarda aveva passato anni a tenerlo a balia, non solo gli correggeva i testi, arrivava perfino a fare ricerche su vecchi delitti per suggerirgli delle trame, mentre lui diventava sempre più odioso e supponente, ripieno di paté di fegato come un cappone alla domenica.

Le girava la testa dal fastidio ma cercò di restare calma, non voleva dargli la soddisfazione di perdere il controllo davanti a lui, sempre pronto a parlare di "donnette isteriche".

«Sto scrivendo una cosa mia» annunciò Gerarda, e non si sentiva di mentire perché nella sua testa si stava componendo una trama assai complicata, dove Adelaide Grazzini era la protagonista.

«Oh povero me!» disse Capece con aria di divertita sufficienza. «Non starà scrivendo l'inevitabile romanzo "per signore", di quelli alla Sveva Casati Modignani?» concluse ridacchiando.

«Come se lei non sapesse che la maggior parte dei suoi lettori, con i cui soldi s'è comprato ville e macchine, sono tutte donne, anzi tutte "signore"» rispose Gerarda fuori dai denti. «E comunque sono stanca di aggiustare le cose degli altri, ora voglio lavorare per me stessa.»

«Ma lei» ribatté Capece infastidito «non capisce che il suo vero talento è proprio questo: rammendare e cucire. Lei è una sarta della letteratura... Ha una capacità che ovviamente è inutile, se non la si mette al servizio del talento altrui. Spero che la sua non sia una semplice ripicca per qualche piccola... *ehm*... divergenza avuta in passato. Se invece è una questione di denaro...»

Gerarda, che stava considerando la possibilità di rompere

in testa a Capece il pesante vaso di cristallo della zia Ginetta, all'improvviso si mise a ridere: «Non è una questione di soldi, e nemmeno una ripicca. Solo che non mi interessa, non mi va, non ne ho voglia, non so se rendo l'idea. Non ho nessuna intenzione di ricordarle ancora l'esistenza della *consecutio temporum* e di passare pomeriggi interi a eliminare le sue d eufoniche» e dopo una pausa che dovette sembrare eterna a Capece: «E adesso» concluse smorzando la risata «può anche togliere il disturbo, se non vuole che spenga quella schifosa sigaretta sulla sua giacca di cachemire».

Capece, impietrito da quella violenza verbale, diventò rosso estintore e si alzò in piedi di scatto, come punto da una vespa all'alluce; poi, dirigendosi verso la porta, disse: «Spero per lei che non stia davvero scrivendo, perché può stare sicura che finché sarò vivo farò in modo che non riesca a pubblicare!».

Gerarda gli aprì la porta facendogli ironicamente segno di uscire, e quando la chiuse con degna energia tirò un sospiro di sollievo.

Dopo rimase a lungo immobile sul divano gustandosi la fine di quella commedia, come il retrogusto lasciato dal gelato al pistacchio in un pomeriggio sul lungomare di Napoli.

17

Quella mattina Gerarda decise di telefonare al collezionista e le rispose una voce con chiaro accento asiatico: il professore si trovava al Macro ad allestire la mostra. Gerarda, che friggeva di impazienza come solo le uova in padella sanno fare, decise di andare subito al museo a parlare con Mirri, che ormai di sicuro aveva decifrato lo sketchbook. Doveva trovare il modo di far luce su quel "se lo avessi saputo" che la ossessionava e che s'era tenuta per sé, come gioiello prezioso nel segreto del comò.

Attraversò incuriosita l'entrata del Macro, dove non era mai stata, anche se sapeva che faceva parte dell'ottocentesco ex mattatoio, in un'area della città che le era sempre piaciuta e che fin dagli anni '70 era frequentata da giovani dai sogni in calcestruzzo mischiati a carretti, cavalli, e donne al mercato.

Entrando nei locali dove si stava allestendo la mostra dedicata ad Adelaide Grazzini, Gerarda rimase colpita dalla grande capriata in ferro del soffitto e dalle colonnine in ghisa. Mentre gli allestitori preparavano i pannelli, Mirri, davanti a un grande tavolo, stava aprendo le casse con le opere.

Intanto un altro signore, assai elegante e molto anziano, che si appoggiava a un bastone con una testa di ariete in argento, girava qua e là, osservando i quadri che erano stati già tirati fuori. Era magro e alto, ma incurvato dagli anni come un pioppo da qualche tempesta, capelli bianchi ancora folti e mossi che sovrastavano un viso dall'aria severa, appuntito come una matita temperata di fresco.

Mirri la vide e le venne incontro sorridendo.

«La disturbo, vedo che è molto impegnato e c'è anche un altro esperto con lei…»

«Per la verità» rispose Mirri abbassando la voce «si tratta del fratello di Adelaide.»

Mirri, vedendo la sua faccia perplessa le spiegò: «Io e il signor Grazzini siamo arrivati a un accordo definitivo, gliel'avevo già detto, no? La proprietà dei dipinti è sua, ma io sono il curatore dell'opera e dobbiamo disporne di comune accordo. Lui ha riconosciuto che con questa mostra il valore dei quadri si sarebbe accresciuto e io sono felice di fare finalmente conoscere l'opera intera di Adelaide al grande pubblico. Venga che glielo presento…»

Si avvicinarono al vecchio, e Gerarda, mentre stringeva la sua mano fredda e ossuta, da cadavere, disse qualche parola su quanto ammirasse Adelaide e la sua opera.

Il vecchio la guardò con estrema freddezza e disse, invernale: «Era tempo di fare una mostra. Forse, dopo tanti anni».

Poi, senza accordarle più la minima attenzione, alzò una mano come per richiamare qualcuno che stava arrivando alle spalle di Gerarda, e il suo viso, da inespressivo che era, venne trasformato da un sorriso appena trattenuto. Mentre lui diceva: «Allora, andiamo?», Gerarda si voltò e per un attimo restò senza fiato, pensando di avere davanti Adelaide Grazzini, in jeans e giubbotto, come le era apparsa in quella antica Polaroid, che ormai conservava con cura in uno dei propri cassetti e forse mai avrebbe ridato all'Angelucci.

«Andiamo, andiamo, appoggiati a me» rispose la ragazza e diede il braccio al vecchio signore, che si avviò con lei verso l'uscita, salutando Mirri e Gerarda con un cenno del capo.

Gerarda si voltò verso Mirri, che la guardava sorridendo del suo stupore: «È la nipote del vecchio Grazzini, una brava ragazza, e tutt'altro che sciocca. A una prima occhiata sembra proprio di vedere Adelaide, lo so, ma è per via dei capelli rossi, della forma del viso e di una certa aria di famiglia. In realtà non ha la sua luce, e per me che la conoscevo bene la differenza è evidente: la voce, il passo, la forma del naso... Comunque è soprattutto a lei che dobbiamo l'accordo. Il vecchio stravede per lei, non le nega niente, e la ragazza, innamorata di questa zia ribelle che non ha conosciuto, non finisce mai di farmi domande. Penso che quando non ci sarò più l'opera di Adelaide sarà in buone mani, grazie a lei. Ma venga a sedersi, ho tante cose da raccontarle».

Le indicò due sedie vicino al tavolo, e una volta seduti, Gerarda disse: «Sono venuta per lo sketchbook, ma prima vorrei che mi chiarisse una frase che mi ha colpito: perché ha detto "Se lo avessi saputo", quando ha scoperto che Adelaide era innamorata del ragazzo...» gli domandò schietta ricordando quel disegno di un bel giovane seduto, il corpo nudo e bianco come mollica di pane che avrebbe potuto essere Glauco Arionte.

Mirri la guardò nel profondo degli occhi e disse: «Che cosa ha pensato? Che l'avessi uccisa io? No, io l'adoravo, ma credevo che avesse sedotto l'uomo che amavo, e per questo ho litigato con lui in modo feroce, tanto che decise di andare all'estero. Se solo avessi saputo del profondo legame tra lei e quel ragazzo forse avrei escluso un rapporto di quel tipo anche col mio Glauco... Tutta la mia vita sarebbe stata diversa, credo, se avessi avuto fiducia in Adelaide e le avessi creduto. Era una donna leale e una vera artista».

E le indicò un bellissimo quadro in bianco e nero con un volto di donna scheletrico e fatto di mistero.

«Ma in passato si fece mai una sua mostra personale?»

«Sì, solo una, ma memorabile. Ricordo benissimo il suo primo e purtroppo ultimo vernissage. Alla Galleria La Cicala in via del Babuino. Adelaide si presenta quando la galleria è già colma di gente, incuriosita dai suoi quadri che oscillano tra astrazione e figuratività, ambigui e sorprendenti. Io l'avevo promossa in ogni modo. Al mio arrivo sbatto le palpebre per lo stupore, era venuta meglio del previsto. Ero invidioso del suo critico, Goffredo Colasanti, che era un famoso frequentatore di quella galleria, ritenuto da tutti un genio. Avrei cominciato a diventare collezionista di arte molto dopo. I quadri di Adelaide li avrei presi solo per salvarli dalla furia devastatrice del fratello. Lei entra vestita come un'attrice del cinema, con un abito lungo di taffetà verde che le lascia scoperta una spalla, i tacchi alti, i capelli rossi vaporosi attorno al volto. Gli uomini presenti sono sicuro che sentissero un languore da svenimento. Scroscia un applauso di ammirazione che naturalmente non ha nulla a che vedere con l'arte. Io le sorrido e lei, che è serissima, mi guarda accigliata e interrogativa come a dire: che vogliono da me? "Li avete visti i quadri?" grida ad alta voce con tono provocatorio e si slancia verso il piccolo buffet per prendere del vino bianco. Dopo quella volta, Colasanti andò all'estero lasciandola orfana della sua carica e del suo nascente prestigio...»

Gerarda, presa dal racconto, stava quasi dimenticando che era venuta per farsi dire che cosa Mirri avesse scoperto nello sketchbook, e lui le rispose che, oltre a decifrare pensieri, progetti, considerazioni molto personali sull'amicizia con Gabriele Zampieri e alla novità che rappresentava per lei avere ammirazione per qualcuno, era rimasto molto colpito dalle ultime pagine in cui c'erano i lavori preparatori di uno dei suoi ultimi quadri, *Ragazza tra le lenzuola* che era anche uno dei più belli. E glielo indicò, già appeso al muro: una ragazza nuda vista di tre quarti che, stesa su un letto disfatto, tra uno spumeggiare di lenzuola aggrovigliate, si stava probabilmente masturbando, anche se il gesto non era del tutto esplicito. Il viso non si vedeva, occultato dai lunghi capelli scuri che le ricadevano intorno come alghe nell'acqua.

Benché il contenuto del quadro fosse decisamente erotico, l'immagine comunicava una sensazione di spavalda innocenza, quasi di candore, accentuata dal bianco (quello delle lenzuola in disordine, della parete, della testata del letto) che era il colore predominante.

Gerarda, pur avendo visto quella stessa immagine nei disegni dello sketchbook, restò stupita, e mentre lei si soffermava a osservare il quadro, Mirri tirò fuori le fotocopie dalla sua cartella e ne scelse alcune: «Ecco, qui ci sono i disegni preparatori, che lei avrà già visto: la posa varia, finché viene fissata nel modo che Adelaide desiderava, per poi essere trasferita nel quadro. Guardi come, di schizzo in schizzo, si è avvicinata alla composizione voluta, quella che giudicava perfetta, cambiando un particolare qui, l'inclinazione del braccio là. Interessante no? Dimostra quanto fosse esigente. E ci devono essere volute parecchie ore di posa; se ci si metteva poteva sfinire i suoi modelli».

«Quindi ha usato una donna secondo lei?» chiese Gerarda.

«Usava sempre dei modelli, quasi mai professionisti; questa qui non so chi fosse» disse Mirri. «Glielo avevo anche chiesto ma lei aveva scosso la testa "E perché lo vuoi sapere?" mi aveva risposto. "Capirei se si trattasse di un bel ragazzo..." E si era messa a ridere. Però c'è una cosa curiosa: vede questi versi sotto l'ultimo schizzo della ragazza sul letto? Sono firmati col disegno di un'ortensia, il che significa che sono di Ortensia di Guglielmo, una poetessa trecentesca che ad Adelaide piaceva moltissimo, me ne aveva parlato spesso e meditava di dipingerne un ritratto necessariamente immaginario. Era una ragazza notevolmente colta, sa? Anche se dal punto di vista letterario si trattava di una cultura disordinata, da autodidatta.»

«E i versi trascritti da Adelaide quali sono?» chiese Gerarda attenta.

«Be', sembrano quelli finali di un componimento più lungo...»

E a quel punto lesse la sua trascrizione dall'alfabeto segreto:

«Al fin, poiché il tardar nulla rileva / fatta del mortal periglio accorta, / La speme i colpi suoi tutti rinforza: / Anima, dice, alla celeste porta / Diamo l'assalto; e se il nemico aggreva, / Sai che il regno del Ciel patisce forza».

«Perché li avrà scritti proprio sotto lo schizzo finale?» domandò Gerarda. «È un caso, oppure c'è una relazione col disegno?»

«Non lo so, ma "Fatta del mortal periglio accorta"» disse Mirri «non le dà da pensare? Sembra quasi una sorta di premonizione, soprattutto se si considera che la data annotata nell'angolo precede solo di qualche giorno la sua morte...»

Gerarda era perplessa e avrebbe voluto continuare a parlarne, ma si accorse che intorno a loro il lavoro si era fermato: tutti stavano evidentemente aspettando le indicazioni di Mirri e lei, scusandosi per averlo trattenuto così a lungo, lo salutò e uscì.

Mentre era in cerca di un taxi per tornare a casa, notò che lì fuori c'era Glauco Arionte: era vestito elegantemente con un completo grigio e un impermeabile e stava fumando un sigaro. I suoi capelli biondi erano ordinatamente pettinati all'indietro e aveva un'aria molto curata a differenza di quando l'aveva visto in casa di Luciano Mirri, quasi plastificata, sottovuoto. Lui ebbe una specie di sussulto vedendo che lei si avvicinava approfittando di quella coincidenza.

«Mi scusi. Mi chiamo Gerarda Greco, sono un'amica di Rodolfo. So che vi sentite a volte. Ci siamo anche visti in casa di Luciano Mirri.»

«Certo, il caro Rodolfo. È anche la mia di casa, comunque» borbottò Glauco.

«Sì, ovvio» ammise Gerarda. «Che bella mostra, non è vero? E che donna, l'Adelaide Grazzini!»

«Forse qualcuno si degnerà di riaprire il caso, visto l'interesse del pubblico: una donna morta ammazzata, di genio, lasciata precipitare nell'oblio...»

«Ha perfettamente ragione» si entusiasmò per un attimo Gerarda trovando infine un alleato nella sua ricerca. «Lei che idea si è fatto, se posso permettermi...»

«Ho sospettato a lungo e ancora sospetto di Luciano. Era molto geloso.»

«Come ha fatto a vivere con lui tutti questi anni pensandolo un assassino, allora?» chiese Gerarda senza girarci troppo intorno.

«Perché lo amo, no?» ammise Arionte con una smorfia.

«Non può essere stato lui» si arrischiò a dichiarare Gerarda.

«E chi sarebbe stato secondo lei?» chiese lui genuinamente stupito.

«Non lo so! Ma qualcuno che ancora non è stato scoperto.»

«Tra le persone che Adelaide frequentava potevamo essere solo io (e io non sono stato), Luciano e quel ragazzo, quello che è diventato un uomo di chiesa se non sbaglio.»

«No, il Monsignore era in viaggio quando lei è morta» spiegò Gerarda. «Mirri mi ha accennato a un fidanzato segreto… Lei sa chi fosse?» aggiunse.

«No, ma ne ho sentito parlare. Luciano mi disse che la polizia aveva scoperto che lui era in Germania in quei giorni.»

«Allora non saprei proprio.»

«Lo vede? Resta solo Luciano! È una storia che mi tormenta da anni! Una voragine di malessere che m'inghiotte tutte le volte. Questa incertezza mi divora la mente ogni singolo giorno della mia vita…» disse Glauco con un tono melodrammatico.

«Risolverò questo omicidio, ne può stare certo. Sono una donna piuttosto cocciuta, diciamo pure un bel vasetto di melanzane sott'olio!»

18

Il giorno seguente, quando tornò a casa dalla sua solita passeggiata, trovò davanti alla propria porta l'ex attrice in lacrime, ma vestita di tutto punto con un tailleur paprika e una Sissi spumosa come champagne al suo fianco. La fece entrare e accomodare sul divano, dove l'Angelucci sospirò (e per la prima volta diede del tu a Gerarda dimostrandole molta confidenza): «Quella cafona! Non hai idea di come mi ha trattato. A me, che ai miei tempi ero l'attrice di fotoromanzi più richiesta d'Italia! Ne ho fatto perfino uno con Antonio Cifariello. Lui era già famoso, ma era un giovanotto talmente gentile, e bellissimo. Se avessi voluto avrei potuto diventare anch'io un'attrice famosa come Delia Scala, che ne ha fatti tanti di fotoromanzi, cosa credi? Purtroppo Antenore non mi ha permesso di continuare, capirai, era così geloso. Ah, perché mi sono lasciata trattare così senza reagire da quella signora Nessuno...»

«Ma cosa è successo?» chiese Gerarda senza capire di chi si stesse parlando.

«Gisella praticamente non aveva più parenti, sai, a parte una cugina che sta a Palermo, e a dire il vero quasi non si conoscevano, non si scambiavano nemmeno gli auguri a Natale. Comunque è lei l'unica erede, visto che Gisella non ha lasciato un testamento, e...» qui fece una pausa per accarezzare Sissi che guaiva, malgrado avesse con un agile balzo conquistato la posizione sul divano, cosa che Gerarda detestava.

«E...?» la incoraggiò Gerarda con un'occhiata d'odio al cane, che mordicchiava la fodera come un gustoso osso di prosciutto.

«Be', è arrivata due giorni fa da Palermo e stamattina me la sono trovata davanti alla porta, rigida come una staccionata e pure brutta come una muffa; dovevi sentire con che tono mi ha detto: "Secondo la portinaia lei ha le chiavi dell'appartamento di mia cugina: non se le può mica tenere, le deve consegnare a me! Direi che è proprio arrivato il momento". Capisci, Gerarda? Come se io avessi chissà quali secondi fini e volessi rubare qualcosa. Ma non è a quel punto che mi sono arrabbiata. No, è che ho visto passare per le scale un tizio carico di sacchi della spazzatura che veniva dal piano di sopra e mi sono insospettita, così ho tirato fuori il mio mazzo di chiavi e ho detto che, siccome ne avevo tante, dato che tutto il condominio si fida di me (l'ho inventato lì per lì), dovevo provarle per poter capire quali erano esattamente, e con quella scusa sono andata di sopra con lei e che cosa ho scoperto?»

«Dimmi!» la incitò Gerarda che non sopportava la suspense nelle conversazioni.

«Che stavano portando via tutte le carte della povera Gisella, per consegnarle allo smaltimento rifiuti.»

Gerarda era sbiancata e dovette sedersi anche lei accanto a Sissi: «Ma come? C'erano parecchie cose preziose... i libri... Gadda...»

«Ah, non lo so, mi ha detto che i libri di qualche valore li stava valutando un suo perito.»

«Perito di che?» chiese Gerarda scandalizzata.

«L'ho visto. È un tizio di una libreria antiquaria o qualcosa del genere, che stava finendo di valutare tutto, per poi fare un'offerta e portarsi via le prime edizioni di Gisella per due soldi, immagino. L'appartamento era tutto sottosopra e a me veniva da piangere, ma mi sono fatta forza e, dopo aver provato le chiavi e averle ficcate in mano a quella strega, ho detto di aver prestato a Gisella dei libri che le interessavano e che li rivolevo indietro. L'ho inventato perché volevo almeno salvare qualcosa. E poi, mentre il giovanotto e la cugina cominciavano a fare storie, ho allungato le mani su tre libri posati in cima a un mucchio e ho detto che quelli erano miei e me ne sono andata senza manco salutare, lasciandoli piantati lì come due scemi. Sono scesa giù con le lacrime agli occhi... per la rabbia, ti assicuro. Ma a dire il vero non so che farmene di questi libri, non sono il mio genere, e ho pensato di darli a te.»

Gerarda prese i tre volumi, diede un'occhiata veloce e poi disse: «Però, hai avuto occhio! Non so se abbiano un qualche valore commerciale ma questi due sono interessanti...»

Le mostrò *Il fosso* di Laudomia Bonanni nell'edizione Mondadori del 1949 e *La vigna di uve nere* di Livia De Stefani nell'edizione Mondadori del 1953. Alla colta collezionista di carta sicuramente interessavano le ottime scrittrici italiane ormai quasi dimenticate. Il terzo invece era *Il manuale delle buone maniere* di Disney, del 1984 ed era un libro per ragazzi, che sicuramente poteva piacere alla stravagante ex proprietaria.

Gerarda si leccò i baffi come di fronte a un piatto di uova e cime di rapa.

«Non per vantarmi, ma quando si tratta di scegliere il meglio ci azzecco sempre, anche se non ne so niente. Scusami se ti sono piombata in casa così» disse alla fine, controllando in un elegante specchietto da borsa che il trucco degli occhi non si fosse sciupato. «Sono esausta e me ne torno a casa.»

Poi se ne andò con la fedele Sissi, che aveva riempito di peli il divano.

Gerarda mise da parte i libri e andò a scoperchiare le pietanze che Tina le aveva lasciato sui fornelli, pronte da scaldare: una parmigiana di zucchine e il famoso sugo con i funghi "alla Tiburzi", adatto per improvvisare due spaghetti.

Solo che in quel momento squillò il telefono e dalla segreteria telefonica le arrivò la voce del commissario, con una insolita sfumatura depressa.

Gerarda si affrettò a rispondere, e la voce (come dal fondo di un pozzo) le annunciò che c'erano novità.

«Quali novità?» chiese Gerarda. «Non me le può dire subito?»

«Meglio di no, vediamoci e le dico tutto, prima che diventi di dominio pubblico. Magari possiamo mangiare qualcosa in un posto tranquillo, ne conosco uno non lontano da casa sua.»

«Ma non è meglio che venga a pranzo da me?» chiese Gerarda che alla parmigiana non avrebbe voluto rinunciare.

«E la discrezione dove la mettiamo?»

Gerarda mise il sugo e la parmigiana in frigorifero. La curiosità era più forte del languorino.

Mezz'ora dopo i due erano seduti a un tavolo della saletta semideserta delle Volpi del Molise, una modesta trattoriola imbevuta dell'odore di anni e anni di spezzatini e sugo con la salsiccia.

Laguardia aveva appena affondato la forchetta in un ragguardevole piatto di fettuccine al pomodoro e basilico, quando Gerarda, che ne aveva uno identico davanti, riuscì finalmente, lontano dalle orecchie del cameriere, a chiedergli: «E allora? Queste novità?».

Laguardia rispose che c'era stato un altro fermo, e che stavolta il GIP sembrava dell'idea di trasformarlo in arresto.

Con la forchetta a mezz'aria, Gerarda trattenne il fiato.

«E allora? Chi è?»

«È Vecchi, il trader.»

«Vecchi?» fece Gerarda che non si ricordava di averlo conosciuto come broker. «Chi diavolo è? E soprattutto, che cos'è un trader?»

«Un trader è un agente finanziario, mia cara, uno che vende e compra titoli finanziari con la velocità della luce. E Vecchi è un suo coinquilino del terzo piano, quel biondino magro magro, ha presente?»

Gerarda a questo punto aveva presente.

«Ah! Il broker... L'avrò incrociato sì e no due o tre volte, è un giovanotto azzimato ed esile, di quelli che gli soffi addosso e li butti giù, e l'ho visto bene solo dalla portinaia. Ma da dove spunta? Cosa c'entra, com'è possibile?» cominciò a chiedere a raffica.

Laguardia, sempre bonario, le disse: «Calma, calma, e mangi, intanto, che le fettuccine si freddano. E poi deve sapere che la gente spesso si confonde tra trader e broker. Il trader è uno che fa operazioni di *scalping*, cioè di compravendita di titoli nel giro di meno di un minuto. Insomma studiano di più e sono più pericolosi dei broker... Anche perché guadagnano solo in relazione alle loro performance, non hanno uno stipendio fisso...».

Poi spiegò che dai loro controlli era saltato fuori uno strettissimo rapporto tra Vecchi e un impiegato della banca in cui la signora Sanfilippo aveva ritirato il suo malloppo: i due si conoscevano dai tempi di scuola, si frequentavano e soprattutto si telefonavano un bel po'. Risultavano tre telefonate, il giorno del delitto, e tutte dopo il ritiro dei soldi. Quanto a Vecchi, aveva detto che quella sera era stato a casa della sua ragazza, ma la cella a cui era agganciato il suo iPhone dimostrava che invece era a casa propria. E per di più la sua ragazza, che all'inizio aveva confermato l'alibi, si era spaventata e si era rimangiata tutto.

«Non mi sembra che basti questo per accusarlo» fece Gerarda, che intanto aveva avuto il tempo di fare onore alle sue fettuccine.

«No, infatti per un'accusa non basta, ma per un mandato di perquisizione sì. E indovini che cosa abbiamo trovato nella cassaforte del suo ufficio, dentro una elegante valigetta Louis Vuitton: circa centomila euro, spicciolo più, spicciolo meno...»

Davanti a Gerarda senza parole, Laguardia aggiunse: «Mancavano cinquemila euro, a dire il vero, ma immagino che abbia dato una percentuale al suo amico per i servizi resi. Al momento sono in commissariato tutti e due, li torchiamo per bene e poi si vedrà».

Nel silenzio che seguì, Gerarda fece fuori un altro po' di fettuccine, e poi disse: «Insomma, tornerebbe tutto. C'è il basista, c'è l'alibi che non ha retto, ci sono i soldi... Sembra proprio che il caso sia chiuso».

«Già, è quello che pensa il GIP, anche se il fermo… non è un arresto.»

«Lo so! Ma lei non è convinto o sbaglio? Ha la stessa faccia che farei io davanti a una cotoletta alla milanese.»

«Non so, non mi sento tranquillo, non sono convinto. Una sensazione, se vuole, niente di più. Piccole, piccolissime cose che non tornano… Per esempio, perché le Signorine, che vivono con l'occhio incollato allo spioncino, ci hanno parlato dello studente e non di Vecchi? Possibile che abbiano notato il primo e il secondo gli sia sfuggito?»

«Possibile» disse Gerarda. «Quello che allerta le Signorine è il rumore dell'ascensore, le voci sul pianerottolo, me l'hanno detto loro stesse. E se Vecchi fosse salito a piedi senza far rumore, e loro non se ne fossero accorte?»

«Probabile. Ma Vecchi avrebbe dovuto suonare alla porta, dire qualcosa una volta che lei gli avesse aperto, e questo le Signorine l'avrebbero sentito. No, c'è qualcosa che non mi torna…»

Per scacciare il suo grugno da scolaro in castigo Gerarda cercò di cambiare argomento: «Per adesso è inutile arrovellarsi, tanto più che a tavola sta arrivando un fritto di verdure miste molto interessante».

«Spero che ci sia anche il semolino…» borbottò Laguardia, mentre arrivava il cameriere.

E una volta rassicurati sulla presenza dei cubetti di semolino fritti che si affacciavano tra fiori di zucca, zucchine e carciofi, attaccarono il piatto entrambi come eserciti fuor di trincea.

Tornata a casa, Gerarda era appesantita dal pranzo e assai perplessa. Le sembrava davvero improbabile che uno che faceva quel mestiere, visibilmente legato ai soldi e ai suoi movimenti, fosse arrivato a uccidere una vecchia signora del suo palazzo per rimediare fondi da investire. Gli sarebbe bastato vendere l'automobile.

Per fortuna il suo umore cupo come una mora matura venne allietato dai doni che la Sanfilippo le aveva fatto anche da morta. Sfogliò *La vigna di uve nere*. Guardò la trama e si ricordò di averlo letto la prima volta all'università, al secondo anno, lo aveva tenuto per mesi come fido compare nella sua borsa a tracolla accanto all'agenda e agli occhiali da sole, per poi donarlo, inutilmente, a Capozzi. Nel romanzo due bambini, Nicola e Rosaria, fratello e sorella, vengono allevati separatamente, ignari l'uno dell'esistenza dell'altra, per poi ritrovarsi da adulti e rimanere invischiati in una buia e spaventosa passione. Il padre per salvare l'onore costringe la figlia al suicidio, mentre al figlio maschio viene garantito di vivere per continuare a curarsi della vigna dalle uve nere.

«E se fossimo così confusi da non renderci conto che stiamo affrontando un'oscura tragedia dai contorni cattivi ma anche terribilmente assurdi?» si chiese Gerarda con ancora in grembo il libro. «Finisce spesso così, no? Ai maschi le vigne, alle donne…»

19

Era il giorno previsto per il funerale della professoressa Sanfilippo, e Gerarda, insieme alla Angelucci, a Marco, alla portinaia, all'ex professore e alle Signorine si ritrovò davanti alla chiesa della Trasfigurazione. Del condominio non c'era nessun altro. Il Monsignore alla fine non aveva potuto celebrare la messa.

C'era, invece, Rodolfo, che aveva voluto a tutti i costi accompagnare Gerarda perché amava i funerali come altri adoravano mangiare seduti ai banchetti dei matrimoni più chiassosi. Lui era per i sospiri, le mani che si stringevano quasi fino a spezzare le dita, le processioni e le saracinesche abbassate e soprattutto le vecchiette del quartiere col velo di pizzo sintetico, che si giravano ceree a guardare chi rumoreggiava col dito severo e sicuro sulle labbra.

La cugina della defunta, insieme a un signore alto e grosso, dalle mani tozze e sudate, i capelli ricci e capricci, vestito di scuro, stava in prima fila impettita: era un'anziana dall'aspetto suoresco, i capelli corti, ispidi come le setole delle spazzole e gli occhiali a bottone appoggiati sulla punta del naso da aquila. C'erano anche parecchie persone di età diverse, molte delle quali sembravano conoscersi fra loro.

«Sono gli ex alunni di Gisella…» le sussurrò l'Angelucci.

È grazie a loro, pensò Gerarda, *se il funerale della Sanfilippo non sarà squallido e semideserto, come quelli di molte donne ormai sole, col prete che sbaglia il nome e nessuno in sala in grado di correggerlo, e così te ne vai con un nuovo battesimo…*

Gerarda si girò a guardare le Signorine che stavano dietro di loro, a spalle larghe e petto in fuori, come polli nella teglia, vestite con distinti abiti neri da cui emanava un leggerissimo sentore di naftalina. Pina le lanciò un sorriso a labbra dritte.

Gerarda temette un'eterna cerimonia.

La sua attenzione fu attratta dal grande quadro della Trasfigurazione che era una copia di quello di Raffaello. Mosè ed Elia volavano con Gesù. La nube sembrava agitata da un forte vento; il vortice che si era creato pressava i tre apostoli schiacciati sulla collina.

Il sacerdote, un sudamericano, officiò senza indugi e asperse la bara con l'acqua benedetta e l'incenso. L'Angelucci le sussurrò: «Che pidocchio quella cugina! Ha preso la bara più economica…».

Nessuno di loro andò a fare la comunione. Gerarda non vedeva l'ora di uscire. Portarono via la bara, senza che nessuno l'accompagnasse al cimitero, ci avrebbero pensato gli addetti ai servizi funebri.

Sul sagrato, all'Angelucci venne un'improvvisa ispirazione: «Verreste a prendere un aperitivo a casa mia? Si usa dopo un funerale».

Gerarda e Rodolfo, lo studente e la portinaia, le Signorine e l'ex professore galante erano stati tutti invitati, l'antipatica parente della vittima invece no. Le Signorine erano titubanti, specialmente la maggiore, ma dopo essersi consultate brevemente, accettarono. Lo studente disse che non aveva tempo, stava per andarsene dai suoi per qualche giorno, ora che era stato scagionato. Anche la portinaia, che pure era molto tentata, disse che doveva tornare in guardiola, se no l'amministratore chi lo sentiva.

Il gruppetto che si ritrovò a casa dell'Angelucci, la quale servì taralli, patatine, olive e vino bianco, era comunque piuttosto eterogeneo. Le Signorine sembravano passare la casa ai raggi X, prendevano in mano ninnoli, ammiravano argenti, e Gerarda si accorse che strisciavano un dito su mobili e cornici, come lumache, a saggiare la polvere. Rodolfo si aggirava per la casa con aria quasi estasiata:

«Siamo in una capsula del tempo» sussurrò a Gerarda. «Sembra di essere di nuovo nel 1965, scommetto che da allora non è cambiata una virgola, guarda che bric-à-brac! E il pezzo migliore è la padrona di casa: perché me l'hai tenuta nascosta? Ha perfino gli occhi truccati con i virgoloni neri, come mia zia quando era giovane!»

L'ex attrice, che aveva percepito l'interesse del complimentoso Rodolfo e non sapeva di essere per lui un semplice oggetto kitsch, disse a Gerarda: «È da tanto che voglio farti vedere la mia collezione dei *Grand Hotel*...».

Sparì e tornò con un pacco di riviste che mandarono in estasi Rodolfo e l'ex professore, mentre le Signorine arricciavano il naso ma non potevano fare a meno di allungare il collo: probabilmente li leggevano anche loro, quei fotoromanzi, quando erano ragazze.

«Io ho cominciato nel 1965» raccontò l'ex attrice «ma ci

tenevo a procurarmi anche queste copie anni '50. Guarda Cifariello che meraviglia!»

«Concordo assolutamente» continuò Rodolfo, indicando il viso del seducente attore. «È stata una grande perdita» e Gerarda non capì se dicesse sul serio o stesse prendendo in giro l'anziana signora.

«Invece guarda Maurizio Arena che burinotto!» continuò imperterrito Rodolfo. «E guarda qua, ci sono anche le storie in costume: *Il Trovatore* con Bianca Toccafondi... E pure quelle a fumetto, qui c'è *La fanciulla di Hiroshima*.»

«Gisella avrebbe dato non so che cosa per avere queste annate della rivista... Ma per me erano troppo preziose» osservò poi malinconicamente l'ex attrice.

La minore delle Signorine disse con la solita voce d'aceto: «Meno male che non gliele ha date, un altro po' di carta e lì crollava tutto...»

L'Angelucci la guardò storto e poi se la prese con la cugina della professoressa, che aveva buttato via tutto senza il minimo riguardo per chi le aveva lasciato un patrimonio niente male.

Le Signorine cercarono di difenderla: «Be', non si frequentavano... non la conosceva praticamente».

«Però» intervenne Gerarda «buttare via la sua collezione è stato uno sfregio alla memoria. Ecco quanto vale la vita intera di una donna, cinquanta sacchi per l'immondizia.»

«E perché doveva tenersela, tutta quella cartaccia?» fece Pina.

«Cartaccia fino a un certo punto» intervenne l'ex professore, facendo passare il vassoio con le mandorle salate e le olive. «La signorina Sanfilippo aveva una quantità di cose di valore, libri preziosi, a quanto ne so...»

E poi continuò dicendo che Vecchi evidentemente non lo sapeva di avere sottomano una fortuna in prime edizioni rare, oltre ai soldi.

Il fermo di Vecchi ormai era cosa nota, ne avevano parlato il telegiornale della sera prima e i giornali del mattino, e quindi il discorso scivolò su di lui, e si scoprì che nessuno dei presenti lo conosceva, giusto un saluto nell'atrio. Un fantasma, che abitava nel palazzo da due anni e che comunque, dicevano le Signorine, si assentava per lunghi periodi, visto che le serrande restavano abbassate per settimane.

«Certo che è incredibile» intervenne sventatamente Rodolfo, che era già al terzo bicchiere di vino: «Una stradina così tranquilla, la vostra, eppure piena di misteri. Meno male che avete una investigatrice in gamba, nel palazzo...». E nel dirlo mise un braccio intorno alle spalle di Gerarda, che gli diede una gomitata: «Cosa accidenti dici!» si inviperì lei.

«Ma non sei stata tu a dirmi che stai facendo delle ricerche su quel vecchio delitto della casa qui accanto? Sapete» fece poi agli altri «Gerarda ha lavorato per anni per un autore di gialli, scovando per lui delitti appetibili da romanzare, e adesso ci è cascata di nuovo, anche se aveva giurato di non volerne più sapere di trame poliziesche.»

Gerarda era così palesemente furiosa che se ne accorsero tutti, e si creò un certo imbarazzo al quale solo Pina, la minore della Signorine, sembrava impermeabile; anche lei era al terzo bicchiere di vino e, sorridendo con i suoi denti di porcellana, chiese: «Sul serio qualcuno vuole scrivere un romanzo su quella scostumata? La vedevamo sempre passare con un macchinone bianco, e certi vestiti... Mezza nuda, andava in giro. Nostra madre non ci permetteva nemmeno di salutarla, quella lì. Non c'è da meravigliarsi che abbia fatto una fine del genere.»

E la coltre di disagio si fece spessa come nebbia al mattino dopo una giornata afosa. Gerarda raccattò il proprio accompagnatore ed Elide acchiappò la sorella minore, e li trascinarono via, lasciando la signora Angelucci e il suo devoto cavalier servente a finire i salatini e il vino.

Gerarda aprì la porta di casa con tale violenza che il mazzo delle chiavi cadde a terra con fragore.

«Be', che cosa sarà mai successo per provocare tanta veemenza?» chiese Rodolfo raccogliendo le chiavi.

«È successo che non riesci mai a capire quando tacere!» esplose Gerarda, buttandosi sul divano e togliendosi le scarpe.

Rodolfo sogghignò e poi si mise seduto accanto a lei.

«Non mi sembra di aver detto niente di scandaloso...» borbottò.

«Dovevi per forza parlare di Capece? Hai scatenato quelle due insopportabili vecchie... ero sicura che odiassero Adelaide, le donne geniali non piacciono mai alle altre donne. A proposito... sono stata a vedere l'allestimento della sua mostra. Opere meravigliose. Quelle due sputerebbero catarro pure su un Manet.»

«Che ne sapevo io che quella befana è più acida di Francesco Quinzi Valfredda?!»

Gerarda si ribellò:

«Valfredda è un torsolo di mela in confronto a quei due vasi da cipresso».

«Sì, una vera damigella! Mi ha aggredito praticamente.»

«Quando l'hai visto l'ultima volta?» chiese Gerarda già nervosa. «Non me ne hai più parlato.»

«Sono andato a cercarlo ed è stato lo sbaglio più grosso della mia vita... Non lo sentivo da tempo e stavo male.»

«Che ti ha detto per farti venire la menopausa?»

«Ha rivisto un vecchio amico...»

«Chi è, lo sai?»

«Purtroppo lo so. Uno bellissimo da giovane ma che ora è un pezzo da museo, Arionte, il compagno di Mirri! Pare che Francesco abbia avuto una relazione con lui quando era giovanissimo. E mi ha detto che la cosa lo aveva commosso oltre ogni dire...»

«Cosa siete, il circolo delle anime in pena? Avete pure una certa età... Quel tipo alla fine, come tu tanto speravi, l'ho pure incontrato e mi ha detto che era molto amico della Grazzini.»

«Immagino di sì» sospirò Rodolfo.

Rodolfo si fece raccontare minuziosamente della loro conversazione davanti al Macro.

«Perché quello va cercando il mio Francesco proprio adesso?»

Gerarda fu costretta a ricordargli che il "suo" Francesco aveva mogli e figli e che molto probabilmente lui non era mai stato l'unico amante segreto di quell'uomo bugiardo.

Dopo questo intervento didattico Rodolfo s'infuriò ricordandole a sua volta che era stata lei a tranquillizzarlo dicendogli che Francesco lo amava e se lo vedeva da tempo doveva esserci un motivo, che ormai erano entrambi molto adulti e lui non aveva modo di vedere altri uomini.

Gerarda prese fuoco definendosi stufa di sentirlo parlare sempre delle stesse sciocche cose. Gli uomini erano esseri infernali, lei lo aveva scoperto da quel dì. Tediava forse tutti per questo? No. Lei li aveva mandati a pascolare, addio e buona caccia.

Si insultarono fino a notte fonda, e Gerarda andò a letto con la furia in testa e la voglia di sgozzare galline.

20

Erano passate tre settimane dal funerale. Gerarda e Rodolfo si erano tenuti il muso per una settimana intera. Quando Rodolfo aveva provato a richiamarla, lei gli aveva rinfacciato che odiava le donne e che da quando si conoscevano non aveva fatto altro che metterla alla berlina, mentre Rodolfo le aveva detto che lui si confidava e le raccontava tutto, anche le volte in cui faceva il bidet, ma lei ricorreva a lui come avrebbe fatto con un mazzo di carte in un pomeriggio noioso d'estate.

Poi avevano fatto pace, come sempre.

Le Signorine, incontrate più volte nell'atrio mentre uscivano a ore fisse, con la medesima messa in piega e con i loro dignitosi cappotti grigi, due spille identiche appuntate sul bavero, da quel giorno salutavano Gerarda con la solita esibizione di porcellane dentarie ma anche con un contegnoso sospetto.

Lo studente era partito per il paese natio, lasciando vuoto il suo appartamento e gelido il cuore di Paoletta Terni.

La signora Angelucci si era dedicata a una serie di cure di bellezza intensive e a uno shopping da grandi saldi, cose che secondo Gerarda avevano a che vedere con la sempre più stretta frequentazione dell'ex professore, che gioiva come davanti a un'equazione risolta di ogni imbellettamento e ogni nuova mise.

L'appartamento della signora Sanfilippo era stato sgombrato e messo in vendita, e l'agenzia aveva già portato in visita un paio di possibili compratori, provando a omettere che quello era stato il luogo di un delitto.

Vecchi era in galera e ci sarebbe restato per un pezzo, e come lui il suo amico bancario. Ma non per avere ucciso Gisella Sanfilippo.

Convocata da uno striminzito «Ci sono novità», Gerarda aveva visto il commissario al baretto del Gianicolo. E là, tra un vol-au-vent farcito e una pizzetta, nonché un sorso di Campari, era venuta a sapere com'era andata a finire la storia: Vecchi era un malvivente, ma non un assassino. Quelli che gli avevano trovato in cassaforte erano soldi sporchissimi, luridi, al sentore di pesce marcio a fine mercato.

«Il bancario ha confessato» disse Laguardia. «Era il più debole tra i due e il più fifone, e un'accusa di complicità in omicidio l'ha terrorizzato. Vecchi, invece, sembrava di pietra: probabilmente aveva più paura dei "clienti" per conto dei quali doveva ripulire quei soldi, che di finire dentro per omicidio. Ma ormai non abbiamo più dubbi. Il bancario ci ha raccontato che la sera del delitto erano tutti e due a casa di Vecchi, per una piccola riunione di affari.»

«Insomma, siamo da capo un'altra volta...» disse Gerarda sospirando. «E non sappiamo da che parte cominciare, vero?» aggiunse subito dopo, come per invitare il commissario a riprendere le fila del ragionamento.

«Ci vuole pazienza, sa? Se fosse un poliziotto lo saprebbe. Vedrà che prima o poi...»

«Sì, certo, finirà come il delitto della Grazzini. Nessun colpevole, eredi succhiasangue e fine della telenovela...» gli fece notare Gerarda.

Il commissario sorrise: «Non mi dica che si è arresa. Pista fredda, però, gliel'avevo detto».

«Ci ho comunque guadagnato un invito all'inaugurazione della mostra, tra due settimane» disse Gerarda, tirando fuori il cartoncino che aveva trovato nella posta quella mattina.

Ma in realtà non si era affatto arresa. Nella sua mente Adelaide e la sua storia erano più vive che mai, non faceva che pensarci, continuava a sfogliare la sua riproduzione dello sketchbook, guardava e riguardava i disegni, specie l'ultimo con quei versi scritti sotto.

«Non mi prenda per pazza...» disse a un tratto al commissario. «Oppure sì, mi prenda senz'altro per pazza e mi assecondi.»

Laguardia sorrise.

«Sentiamo. Basta che non mi chieda di dare la caccia ai fantasmi.»

«E invece è proprio quello che le chiedo, tutto sommato: dovrebbe confrontare il referto autoptico di Gisella Sanfilippo e quello di Adelaide Grazzini, e dirmi se le ferite alla testa si assomigliano, se hanno qualcosa di particolare, se...»

«Se potrebbero essere state inferte dalla stessa arma?» concluse il commissario.

E poi aggiunse: «Un po' romanzesco, non trova?».

«Anche se le sembra un'idea romanzesca di una pensionata in ciabatte, lo farebbe per me?»

Il commissario sembrava pensieroso e alla fine disse: «Certo, non è un problema. Tanto più che effettivamente la ferita sulla testa della signora Sanfilippo qualcosa di insolito ce l'aveva. Sembra che il colpo sia stato inferto con qualcosa di molto pesante».

Dopo l'incontro, mentre Gerarda stava entrando a casa sentì il professore che le gridava dalle scale.

«Ho un altro regalo per lei!»

«In che senso?» chiese girandosi.

«Elsa si è ricordata che la signora Sanfilippo le aveva regalato questi libri, che a lei francamente non hanno mai interessato. Sarebbe un peccato disfarsene, non crede? E allora ha pensato che invece magari a lei potrebbero piacere.»

«Be', sì...» rispose perplessa Gerarda, dato che aveva appena messo in ordine alfabetico d'autore i volumi della sua libreria. «Di che si tratta?»

«Oh, il primo è un libro di Amalia Guglielminetti, una scrittrice non facile che immagino lei conosca» fece il professore. «Ma direi che il più bello è questo su Casorati!»

I due volumi che le aveva portato il professore ora erano posati su uno degli scaffali della sua libreria. Aveva dato solo una rapida occhiata quando glieli aveva consegnati. Gerarda non era entusiasta di questo altro regalo, anche perché la motivazione stavolta era chiaramente quella di disfarsene, ma dopo aver girato a vuoto per casa cercando di mettere ordine, li prese per guardarli meglio e si accomodò sulla poltrona della zia Ginetta, che aveva fatto ricoprire di un cretonne inglese a grandi rose.

Il primo era in realtà una vera curiosità letteraria: *Le seduzioni* e *Le vergini folli* di Amalia Guglielminetti, riunite in un'unica edizione del 1921.

Gerarda scorse rapidamente le pagine, si soffermò su versi un tempo considerati audaci e firmati da quella che era, all'epoca, la *femme fatale* in carica della letteratura italiana.

Una donna scandalosa, come Adelaide, che però aveva avuto il tempo di invecchiare male tra rancori e frustrazioni.

L'altro libro era esteticamente più bello: *Felice Casorati*, un in-folio che misurava almeno una quarantina di centimetri, stampato a Torino in sole millecinquecento copie nel 1942, con diciannove riproduzioni a colori e in bianco e nero di opere dell'artista.

Stupendo! pensò Gerarda che indugiò sulla legatura in tela grezza col titolo d'argento sul dorso, in perfette condizioni, e quando aprì il libro scoprì con stupore una firma imperiosa sul frontespizio: Adelaide.

Il libro era della Grazzini. Forse era stata lei a regalarlo a Gisella Sanfilippo, o forse la Sanfilippo l'aveva recuperato dalla spazzatura dopo il raid del fratello.

Era arrivata quasi all'ultima pagina, quando dal libro scivolò fuori un foglio con alcuni disegni a matita. Gerarda riconobbe immediatamente gli schizzi di Adelaide, la sua "mano" inconfondibile. Il soggetto era lo stesso di *Ragazza tra le lenzuola*. Si trattava di un altro schizzo preparatorio poi scartato, evidentemente, dato che la ragazza stavolta era vista di fronte, con la testa all'indietro e i lunghi capelli che le ricadevano sulla schiena. E dietro lo schizzo principale, sull'altro lato del foglio, c'era un primo piano del viso della modella: un'adolescente dal volto fresco di rose e tondo di luna, gli occhi socchiusi, un sorriso criptico. Aveva un'espressione maliziosa, come se fosse fiera della propria carne, eppure conservava un'ombra di pudicizia; il disegno alludeva a un'astuzia primitiva che conteneva però una traccia di ferocia.

Mentre metteva a confronto gli schizzi del quaderno fotocopiati con quello appena ritrovato, qualcosa di elusivo e inafferrabile, una sensazione di già visto le si affacciò alla mente e svanì subito, come il gusto di una cosa mangiata una volta e mai più assaporata di cui si sente solo l'odore, lontano.

Gerarda doveva assolutamente capire chi fosse quella ragazza.

21

La mattina seguente Gerarda cominciò a ragionare su quel foglio: aveva un formato diverso da quello delle pagine dello sketchbook, che misurava circa trenta centimetri. Questo era più grande di almeno cinque o sei. E anche la carta era diversa, più ruvida. Forse era stata la stessa Adelaide a metterlo nel libro, o forse la signora Sanfilippo l'aveva trovato insieme all'album e l'aveva infilato lì dentro perché era troppo grande per essere contenuto dallo sketchbook. L'unica che poteva aiutarla a capire chi fosse la ragazza era proprio la signora Angelucci.

Ma quando telefonò per sapere se l'ex attrice fosse in casa e se potesse salire da lei, l'Angelucci le rispose con voce vispissima che l'aveva beccata per un soffio, era praticamente sulla porta, pronta a partire con Sissi per un weekend a Saturnia insieme a Enzo. Era venerdì pomeriggio e non sarebbero stati di ritorno prima di lunedì mattina.

«Ma non potresti passare da me per un secondo, visto che stai scendendo? Ho una cosa da farti vedere.»

«Tesoro, a meno che lì da te non ci sia Cary Grant, non mi posso proprio fermare. Enzo ha già caricato le valigie in auto e mi sta aspettando davanti al cancello col motore acceso, ne riparliamo quando torno!» E attaccò.

A quel punto si chiese chi conoscesse, oltre alla Angelucci, che fosse vissuto nel condominio o nella zona sin dai tempi di Adelaide…

Il Monsignore e sua sorella! Chi, se non loro?

Prima ancora di rendersene conto stava già suonando alla porta di fronte.

Ad aprirle fu il Monsignore in persona, in pantofole e jeans. Aveva l'aria stanca da giorno di riposo, come sempre, e come sempre era bello nonostante l'età. Vedendola inarcò le sopracciglia, non sorrideva ma non sembrava nemmeno ostile. Gerarda chiese se poteva entrare, assicurando che non voleva toccare gli argomenti del loro ultimo colloquio.

«Entri, entri» la interruppe il Monsignore. «Mia sorella non c'è, è andata in parrocchia» e le fece strada nel salotto moderno.

«Si sieda» disse indicandole una poltroncina, e poi aggiunse: «Posso offrirle un caffè?».

«No, no, grazie» si affrettò a rifiutare Gerarda, che ricordava di essere davanti a un uomo che aveva quasi accusato di omicidio. «Non voglio disturbarla troppo a lungo, devo solo farle vedere una cosa che ho trovato in un libro della signora Sanfilippo…»

Mostrò l'in-folio che aveva portato con sé e ne tirò fuori il disegno.

«Un altro disegno…» constatò il Monsignore con una smorfia. «Spero che non riguardi me, almeno.»

Lei glielo porse e si sbrigò a dire: «No, vorrei solo sapere se per caso riconosce chi è questa ragazza. È la stessa modella di un quadro che verrà esposto nella antologica di Adelaide, sa, quella che sta per aprire al Macro».

«Lo so, Mirri mi ha invitato e non saprei se arrabbiarmi o essergli grato per questo» disse il Monsignore.

Prese il foglio, lo guardò da tutte e due le parti mentre un'espressione di enorme sorpresa gli si dipinse sul viso, e poi ebbe l'ultima reazione al mondo che Gerarda si sarebbe immaginata: scoppiò a ridere.

«Mi scusi, mi scusi» disse poi restituendole il foglio e cercando di smettere di sghignazzare. «Certo che la riconosco, ma devo dire che non mi sarei mai aspettato di vederla ritratta in questa posa; sapevo che aveva fatto da modella per Adelaide, ma non avevo mai visto gli schizzi che le aveva fatto.»

Accidenti! Pensò in un lampo Gerarda. *Non sarà mica sua sorella?*

Quel suo improvviso allarme non sfuggì all'occhio acuto del Monsignore, che le disse quasi allegramente: «Se pensa che si tratti di mia sorella si sbaglia. Mai stata un'ipocrita, ha sempre fatto quello che dice, e detto quello che fa. Questa qui, invece...»

«Ma insomma, chi è?» sbottò Gerarda e lui con un'occhiata maliziosa rispose: «È la più giovane delle Signorine Meloni, Pina. Questo disegno deve risalire all'anno in cui Adelaide è morta, lo so perché le ho visto dipingere il quadro: solo che in quello la faccia non si vede... Allora Pina doveva avere tra i diciassette e i diciott'anni».

Gerarda era semplicemente allibita e, tutto sommato, anche a lei veniva da ridere.

«Non ci posso credere, davvero...» Era l'unica cosa che riusciva a dire. Poi, a un tratto, si rese conto che invece ci credeva eccome, perché nel viso tondo, fresco e grazioso della ragazza ritratta aveva intravisto quello futuro della vecchia che sarebbe diventata, gonfio e segnato dalle pieghe, con gli occhi sepolti nel grasso e i denti più smerigliati di un vaso da fiori. Avevano in comune, i due volti, un lampo di malizia violenta, una certa malignità, pensò Gerarda, ricordando l'espressione di Pina quando aveva parlato di Adelaide.

E il Monsignore continuò: «Mah, forse non dovrei meravigliarmi troppo, io che la conoscevo allora. Lei e la sorella erano mortificate e avvilite dalla madre, una donna funerea, di un vittimismo spaventoso e di un'avarizia ancora peggiore, che le mandava in giro infagottate in certi vestiti smessi rimediati in parrocchia, con i capelli legati in una treccia antiquata e mal lavata. Era ovvio che, sia pure in segreto, almeno una delle due si sarebbe ribellata a suo modo. La chiamavano "la moglie del macellaio"; pare lo aiutasse a macellare gli animali, e che avesse scampato la galera, non so se perché non si era potuta dimostrare la sua complicità alla borsa nera o perché aveva due bambine piccole. Certo che se c'era da tirare il collo a un pollo o da scuoiare un coniglio tutti chiamavano lei. Tenga conto che negli anni '50 si compravano ancora gli animali vivi al mercato di San Giovanni di Dio. Quelle povere ragazze avevano fatto sì e no le elementari e poi la madre le aveva messe a lavorare. Una volta avuta la portineria, la aiutavano a pulire le scale, a lavare i vetri, e lei le teneva a stecchetto. Erano i primi anni del boom economico, cominciava a circolare un certo benessere e le ragazze, le donne, anche se non erano ricche, potevano permettersi una certa cura di sé, dopo tanti anni di cinghia stretta. Ma loro no, vivevano come fossero ancora in tempo di guerra. Chissà come ha fatto Pina a conoscere Adelaide... Ma non mi meraviglio che lei non me ne abbia mai parlato, era una persona con molti segreti, taceva anche sulle piccole cose, specie se riguardavano il suo lavoro, e poi, invece, rivelava moltissimo di quel che sentiva. Certo, non a tutti».

Gerarda notò una contrazione dolorosa sul viso dell'uomo, le sembrava quasi incredibile che a distanza di tanti anni lui tenesse ancora ad Adelaide e soffrisse per la sua morte, ma non c'era dubbio che fosse così.

In quel momento una chiave girò nella toppa e la porta di casa si aprì: era la vecchia Caterina che rientrava, e quando apparve nel salotto, dove molto di rado si ricevevano visite, si irrigidì nel vedere l'ospite.

«Salve!» fece Gerarda, affrettandosi ad alzarsi mentre diceva, come per rispondere alla gelida espressione interrogativa della signorina. «Tolgo subito il disturbo, sono venuta solo per chiedere una cosa a suo fratello.»

E, mentre la sorella ribatteva: «Spero che non si tratti ancora di quelle vecchie storie», Gerarda allungò la mano per prendere il disegno che era rimasto sul tavolino, e nel momento in cui il Monsignore diceva, conciliante: «Non ti preoccupare Caterina, io e la signora abbiamo chiarito tutti gli equivoci, stavamo solo facendo due chiacchiere» la vecchia piombava sul disegno precedendo Gerarda.

«Cos'è questa roba? Mi faccia vedere!» Poi guardò il foglio e un rossore violento le salì dal collo al viso. Quasi boccheggiava, e quando ritrovò la voce disse: «Ma questa qui è Pina! Pina da ragazza! Mamma mia che vergogna!»

Si sedette, lasciando cadere il disegno che Gerarda si affrettò a raccogliere, e, cercando di riprendere fiato, disse al fratello: «Io l'ho sempre difesa, la tua Adelaide, ma fare un disegno così... così... E poi quella Pina...»

Il fratello cercò di calmarla, bonariamente: «Su, Caterina, stai attenta che ti sale la pressione. Vuoi che ti prenda un bicchiere d'acqua?»

E Gerarda, con un buongiorno appena sussurrato, ne approfittò per squagliarsela.

Arrivata a casa, si gettò sul divano e per un'oretta guardò le leggere macchie di muffa sul soffitto, rimuginava e ruminava pensieri come una mucca al pascolo, provando a decidersi sulla mossa successiva, fin quando suonò il telefono.

«Sorella, sono qui a Roma! Tra poco sono da te. Che mi prepari da mangiare?»

«Tra poco quanto?» chiese Gerarda con un filo di voce.

«Tra un'ora presumo, ci sarà un traffico bestiale e sono in aeroporto...»

«Ok, mi organizzo...» biascicò lei.

Gerarda si precipitò a chiamare Tina per chiederle che cosa avesse cucinato per pranzo perché lei sul tavolo non aveva trovato nulla e nemmeno sui fornelli.

«Guardi in forno! E poi c'è la pizza di scarola che ho comprato già fatta e qualche dolcetto...»

«Che dolcetto?» chiese Gerarda.

«Smettetela voi due! Che è 'sta confusione?» la sentì gridare.

«Va bene, grazie. A domani» si affrettò a dire Gerarda chiudendo la conversazione perché Tina stava urlando contro le figlie come un pollo spennato.

Era salva: c'erano i pomodori col riso e le patate, l'ottima pizza di scarola del forno vicino casa di Tina e un quarto di torta alla ricotta e cioccolata.

Preparò la tavola con cura dimenticando per un momento la sua indagine ma con l'incubo di dover avvertire Laguardia. Sentiva il bisogno di parlare con lui delle sue scoperte, ma non poteva certo chiamarlo davanti a suo fratello.

A quel punto le era venuta fame.

Finalmente suonò il campanello, corse ad aprire ma si ritrovò davanti Pinetti in persona.

«Enrico...» balbettò perplessa.

Non c'era pace in quella casa: da quando era andata in pensione pensando di vivere beatamente la sua vita da zitella, era stato un continuo viavai peggio della Conad nei giorni dei ribassi.

«Posso entrare?» fece lui in tono al miele millefiori.

«Veramente sto aspettando mio fratello per pranzo...» provò a dire lei senza invitarlo ad accomodarsi.

«Non ti preoccupare. Non mi siederò a tavola con voi. Mi servono solo due minuti a quattrocchi...» fece la Ciminiera entrando in casa, accompagnato dalla sua puzza di catrame e tabacco, e piazzandosi sulla poltrona con le rose, come se fosse quella su cui era solito appisolarsi alla sera davanti al telegiornale della mezzanotte.

«Ma prego, accomodati pure...» borbottò Gerarda ironica.

«Non ti capisco, Gerarda. È così difficile per te, che non hai nulla da fare ora, accettare un lavoro di redazione che ti verrà ben pagato e che puoi fare anche a occhi chiusi mentre spolveri i cimeli della vecchia zia? Conosci Capece a memoria, meglio di lui, oserei dire.»

«Be', potrebbe accadere una cosa nuova, inedita, potrebbe scriversi da solo quei dannati libri! Vi devo denunciare per molestie editoriali? Sono amica della polizia, te lo ricordo...» sottolineò Gerarda camminandogli davanti con piglio militaresco.

«Esageri come al tuo solito. Ho provato a mettergli accanto un'altra persona ed è stato un disastro... Boschi non ce la fa, secondo Capece è un incapace. Abbiamo provato con una nuova redattrice, ma la cosa è andata da schifo. Dopo qualche incontro si è rifiutata di seguirlo ancora. Dice che è un mitomane e che la tratta come una serva...»

Gerarda non poté fare a meno di ridacchiare.

«Ti prego!» fece lui. «È un problema serio per la casa editrice... Stanno per fare il film del primo volume, lo sai, e deve uscire per forza un nuovo titolo in contemporanea.»

«Non me importa un ramo secco» ribadì Gerarda.

«E di me, Gerarda, t'importa ancora qualcosa? Se torni a lavorare con noi potremmo rivederci e ricominciare da dove avevamo lasciato... Io ti penso spesso, lo sai?» fece Pinetti con un sorriso che voleva essere ammaliante.

«Enrico,» e qui Gerarda fece una pausa significativa «smettila di fare il fesso, lo dico per te, stai facendo una pessima figura. Mi spiace, ma non posso fare nulla. Sto scrivendo il mio di romanzo. Ho sottomano una storia incredibile, e questa volta non la darò in pasto al tritatutto di quell'incapace.»

A quel punto Pinetti, paonazzo e con voce alterata, sopra di due toni, le chiese: «Cioè mi stai dicendo che la storia del tuo primo romanzo non è una balla che hai inventato solo per toglierti di torno Capece?»

«No, non è una balla! Ho per le mani una storia e ho intenzione di lavorarci» gli urlò di rimando.

«Ma è una follia! Chi vuoi che te la pubblichi di questi tempi?»

«Ho già un editore!» sparò lei.

«E chi sarebbe, scusa? Uno di quelli della piccola editoria per cui si lavora gratis, anzi è già tanto se non ti chiedono i soldi per stampare» chiese la Ciminiera con un ghigno.

«È un editore medio... Interessante, intelligente e...» mentì lei convinta.

A quel punto però suonarono di nuovo alla porta.

«Scusa, deve essere mio fratello che si è autoinvitato a pranzo. Tutti piombate in casa mia questuando a ogni ora. È arrivato il momento che ti alzi dalla mia poltrona e levi le tende, considerato che non ha molta simpatia per te e che ormai è capo della squadra mobile...» non disse di Bolzano.

«Perché? Che cosa gli hai raccontato?» chiese Pinetti saltando in piedi.

Gerarda non gli rispose e si precipitò ad aprire la porta. Salutò con una pacca sulla spalla il fratello, poi lui vide Pinetti e si irrigidì come uno spartitraffico.

«Che cosa fa lei qui?» chiese subito in tono perentorio. «Lo hai invitato tu, Gerarda?»

«Figurati se l'ho invitato io... È venuto per chiedere una collaborazione per Capece.»

La Ciminiera non sapeva come controbattere, ma Gaspare, che certo non sfigurava davanti al bel Pinetti, con un gesto lo invitò gelidamente a congedarsi.

Lui balbettò: «Sì, scusatemi, stavo andando via. E poi Gerarda mi ha detto che sta scrivendo il suo di romanzo, quindi complimenti e aspettiamo di conoscere l'opera, magari anche di pubblicarla...» e fece un sorrisetto guadagnando l'uscita.

«Non credo che mia sorella sia interessata alla "sua" casa editrice...» e aprì lui stesso la porta per farlo uscire.

Finalmente fratello e sorella si sedettero a tavola. Mangiarono di gusto, oltre la torta anche alcuni dolcetti cocco e nutella, poi al caffè suo fratello le chiese: «Allora come va con Laguardia? Ti ha coinvolta nell'indagine e tu ci stai scrivendo sopra un romanzo?».

«A me? Figurati, io sono qui in pensione, indosso scarpe a pianta larga, curo le piante, leggo libri, pelo patate, faccio il pediluvio, scribacchio...» rispose lei illuminandolo con un sorriso tirato, quello che usava per lui quando gli serviva il fango al posto della cioccolata.

22

Il sabato e la domenica erano scivolati via senza che Gerarda se ne fosse accorta.

Una telefonata di Gabriella da Parigi, ricca di commenti e notizie. Gerarda aveva risposto con qualche frase di circostanza, tanto che Gabriella aveva protestato: «Scommetto che non hai sentito una parola».

Anche Rodolfo, che le aveva fatto la solita telefonata fiume, si era risentito per la sua distratta vaghezza. «Va bene, ti lascio, si vede che hai cose più importanti a cui pensare. E mi raccomando, non scordarti di scrivere nel testamento che sulla tua lapide devono scolpire il motto: *Odio i rapporti umani.* Così gli altri defunti staranno alla larga.»

Da quando il Monsignore aveva riconosciuto Pina nella ragazza del disegno, Gerarda, che era andata a rimirarlo sulla sua scrivania, era persa in un labirinto d'ipotesi che si intrecciavano come rami d'alberi ad alto fusto, si eliminavano una con l'altra, rinascevano e di nuovo svanivano al modo delle nuvole ad agosto. Volendo, il materiale per un romanzo c'era, anzi era fin troppo abbondante; solo che lei di scrivere non aveva la minima voglia. Era costretta a riconoscere che aveva ragione

Capece: non era il suo lavoro. Il suo talento era davvero quello di ricucire, rammendare, rappezzare, trovare le toppe giuste, sistemare gli orli e le asole. Ed era quello che continuava a fare con tutti i pezzi di quella storia che aveva in mano, accostandoli e poi tornando a mescolarli, cucendoli insieme e disfacendo le cuciture, soprattutto da quando Laguardia l'aveva chiamata poche ore prima.

Anche se era domenica, o forse proprio per quello (a casa sua c'erano i suoceri, ospiti implacabili per una settimana), aveva frugato in archivio, tirato fuori vecchi documenti e verbali, fatto confronti: e Gerarda aveva proprio ragione, le due ferite erano simili, ma non abbastanza da poter essere gemelle. Però c'erano segni strani nella vittima del vecchio omicidio, ma non si era capito allora da che cosa fossero stati lasciati.

«E ora si potrebbe capire? Le sembra una stupidaggine continuare a indagare?» gli aveva detto Gerarda perentoria e Laguardia aveva risposto, in tono molto meno abbattuto del consueto: «No, direi che una cosa del genere dà parecchio da pensare. Vediamoci domani, così facciamo il punto…».

«Alle Volpi del Molise?»

«E dove, sennò?»

Per un po' aveva continuato ad aggirarsi per casa riflettendo mentre passeggiava da una stanza all'altra, mani dietro la schiena, e alla fine se ne era andata a letto presto, aveva preso le gocce di valeriana e per distrarsi si era messa a leggere il romanzo di una scrittrice ceca. E dopo aver vagato tra le montagne azzurre che circondavano il villaggio di Želary, Gerarda si addormentò con la luce ancora accesa e il libro della Legàtovà abbandonato sulle coperte.

Il suo sonno, prima profondo, diventò inquieto quando cominciò a sognare: ma non era Želary, non erano i suoi bambini cenciosi e i suoi ruscelli gelidi ad apparirle nel sonno. Era piuttosto il medesimo turbine che aveva visto nell'affresco della Trasfigurazione il giorno del funerale, i volti degli ossessi, il rumore del vento.

A un tratto Gerarda si svegliò di colpo, spalancando gli occhi nella luce tenue della lampada ancora accesa. Quello che aveva nelle orecchie non era il fischio del vento, ma il sibilo sottile di due respiri vicinissimi, quelli delle due Signorine chine su di lei.

Gerarda restò ferma, perfettamente sveglia ma convinta di sognare ancora, e i suoi occhi ebbero il tempo di cogliere dei particolari: l'orologio a pagoda di zia Ginetta ("così meravigliosamente di cattivo gusto che non lo si può buttare via" aveva decretato Rodolfo) sopra il comò, che segnava le tre del mattino; le dimesse vestagliette che indossavano le due donne; i loro capelli tirati indietro e tenuti fermi da lunghe mollette; i guanti di gomma gialla, di quelli che si usano per lavare i piatti. E una specie di mazzuolo metallico, che Elide impugnava con due mani.

«Si è svegliata!» constatò Pina.

«Embè, tanto vale che si alzi,» disse Elide «dobbiamo parlare...»

Di che? avrebbe voluto chiedere Gerarda, aprì la bocca ma la voce non le uscì, inghiottì più volte mentre le due la guardavano, come chi vuol fare coraggio a un bambino timido che esita a recitare la poesia di Natale.

«Come siete entrate?» riuscì a dire alla fine.

Pina le fece dondolare una chiave sotto il naso: «Luana ha le chiavi di mezzo condominio, e una alla volta le abbiamo prese in prestito mentre lei era fuori guardiola, e ce le siamo fatte rifare. Ci piace dare un'occhiata in giro, ogni tanto, quando i condomini non ci sono. Quella stupida non sa che ci abbiamo messo cinque secondi, ad aprire il cassetto dove le teneva chiuse».

Elide le fece segno di alzarsi, e siccome Gerarda non obbediva e si limitava a chiudere gli occhi, le disse bruscamente: «E non farci perdere la pazienza! Può essere che in due ce la facciamo a spaccarti la testa...».

Pina annuì.

I modi unti come peperoni al forno delle Signorine erano svaniti alla maniera della neve al sole. Gerarda aveva davanti due "maciare" come quelle che la domestica pugliese le descriveva quando era bambina, pronte a fare fatture, ribaltare culle e tirare i capelli ai dormienti.

Gerarda si alzò rabbrividendo nella sua camiciona da notte celeste a fiorellini e buttò lì: «Perché non andiamo in cucina a farci un caffè?».

Poi si morse la lingua: come le veniva in mente di dire certe cose? Quelle avrebbero potuto farla secca lì per lì.

Stranamente, le due non solo non se la presero, ma sembrarono d'accordo, e lei le precedette in cucina, acutamente consapevole del fatto che, alle sue spalle, le Signorine avevano qualcosa pronto a sfondarle il cranio.

«Tu mettiti seduta» disse Pina ed Elide aggiunse: «E statti bbona».

Improvvisamente, le due avevano abbandonato il birignao che secondo loro era signorile e recuperato le cadenze dialettali.

Pochi minuti dopo, tutte e tre avevano davanti una tazzina di caffè bollente, che Gerarda riusciva a stento a sorseggiare, mentre Pina rinunciava a qualsiasi finzione di raffinatezza e versava un po' di caffè nel piattino per raffreddarlo e poi succhiarlo da là.

«Non ci hai pure un dolcetto?» chiese Pina.

Gerarda prese dei biscottini da una scatola.

Elide si rivolse a Gerarda: «Ieri sera sono scesa dalla Zampieri perché questa qui» e accennò alla sorella «s'è dimenticata di comprare il sale, e lei me l'ha prestato, ma con una faccia... E siccome la conosco bene, quella, le ho chiesto cosa aveva ed è venuta fuori la storia del disegno.» Nel nominarlo diventò tutta rossa, come la sorella del Monsignore, e aggiunse: «Dice che stava in un libro della professoressa».

«Non sapevate che ce l'aveva?» chiese Gerarda con un filo di voce.

«Eh no, che non ce lo sapevamo! Sennò ce lo saremmo preso!»

Elide agitò il mazzuolo e disse acida: «E poi ieri sera ci ha chiamato l'ispettore... Pensa un po'...».

Gerarda rabbrividì di nuovo e sempre in sussurro disse: «Quindi siete state voi... con la Sanfilippo, e prima con Adelaide...»

«Macché, che hai capito? Solo Adelaide con questo mazzuolo» disse Pina con aria soddisfatta. «Adesso non ce la farei. Non ci ho la forza nelle mani! Già mi so' stancata, lo posso poggià sul tavolo?»

Gerarda fece segno di sì come se stesse ancora sognando.

«Però,» aggiunse Pina «c'è gente che se la cerca proprio: un sacco d'arie, come se gli altri fossero nessuno! E qualcuno si sarà vendicato pure sulla professoressa.»

Gerarda era ormai calmissima, assurdamente calma, come se fosse uscita dal proprio corpo e stesse osservando dall'esterno una scena da teatro: tre vecchie (la terza era lei, che aveva sessant'anni ma in quella mezz'ora si sentiva invecchiata di altri venti) sedute in cucina intorno a tre tazze di caffè, che parlavano tra i biscotti di un omicidio forse imminente e di due già avvenuti.

«Ma cosa volete da me? Che ho fatto?»

«Che *non* hai fatto» continuò Elide. «Non ti sei fatta i fatti tuoi! Hai messo il naso ovunque, tutte domande, e il risultato è che è saltato fuori 'sto disegno...»

Pina si precipitò con un balzo inaspettato a prendere il prezioso schizzo di Adelaide, che Gerarda purtroppo aveva lasciato ben visibile sulla scrivania nella stanza accanto.

Lo stracciò con soddisfazione, ma poi raccolse accuratamente tutti i pezzi e se li ficcò nella tasca della vestaglia, mentre Elide diceva rancorosa: «E pensare che all'epoca avevamo in mente di fare a pezzi pure il quadro, nello studio di quella là. E se non l'abbiamo fatto è stato perché questa qui ha perso tempo a riempirsi le tasche di ciprie e rossetti, e poi c'è toccato scappare perché stava arrivando qualcuno...»

«I gioielli l'ho trovati, però, e mica ti è dispiaciuto!» la rimbeccò Pina.

«Sai quant'era difficile trovarli, quella stupida li teneva nei primi cassetti» ribatté Elide. «E basta adesso!» aggiunse. «Vogliamo sapé se hai intenzione di raccontà 'sta storia al commissario!»

«Con questo, papà nostro» aggiunse Pina, indicando il mazzuolo che Gerarda riconobbe come un vecchio batticarne da macellaio «ci inteneriva le bistecche, ma ci ammazzava anche i conigli, gli agnelli, una volta pure un vitello, ce l'ha raccontato mamma, che ha tenuto tutte le cose sue.»

Elide la zittì con un gesto e disse: «Vogliamo sapé chi l'ha visto, il disegno, oltre a te e a quei due di fronte».

«E perché?» chiese audacemente Gerarda. «Che differenza fa se qualcun altro l'ha visto o no? Nessuno la riconoscerà… E poi al commissario Laguardia interessa solo il nuovo omicidio. Del vecchio non gliene importa niente… Se non avete ucciso la professoressa, con l'età che avete non succederà niente… Che pensate di fare?»

Le sorelle non risposero.

«Ciò un fijo, io» disse poi Pina. «E se lo viene a sapere? E se questa storia finisce sui giornali?»

«Capisci che per noi è pure una questione di buon nome!» aggiunse Elide. «Non ci va che l'altra gente viene a sapé che mia sorella stava ore con le mani nella passera a fasse disegnà, e tutto per quattro soldi della Grazzini, dati di nascosto a mamma, che se l'avesse saputo l'avrebbe ammazzata con le mani sue.»

«Ma i soldi che dava a me hanno fatto comodo pure a te! E poi dici così perché te non eri abbastanza bella per fare da modella!» ribatté Pina.

No, non è vero niente, adesso mi sveglio… pensava Gerarda stringendo le mani a pugno sotto la tavola.

E tuttavia cercò di farle parlare, di guadagnare tempo: «Dunque Adelaide l'avete ammazzata per il quadro, per rabbia e pure per i gioielli; e la signora Sanfilippo, invece?»

«*None*» disse asciutta Pina. «Non l'abbiamo ammazzata noi! Lo voi capì?»

«Allora?» fece Elide, minacciosa, rivolta a Gerarda. «A chi l'hai fatto vedere, a chi hai detto che quella del disegno è 'sta scema che non ne ha mai fatta una giusta e dopo mi tocca rimediare a me?»

«A nessuno l'ho detto, perché questa vecchia storia interessa solo a me…» mentì Gerarda di getto «ma il commissario è un mio caro amico e se mi fate del male capirà subito tutto… sono la sorella di un poliziotto, che lo conosce, e in più lo aiuto nelle indagini, e se non ci credete potete ascoltare la segreteria telefonica, l'inizio della telefonata è registrato e ci sono pure la data e l'ora sul display. Vi faccio vedere…»

Fece per alzarsi, ma Elide che aveva ripreso il batticarne disse: «Tu stai ferma lì, ci pensa Pina» e con un cenno della testa indicò alla sorella di muoversi. Pina andò nello studio, ma dopo pochi istanti tornò dicendo che non ci capiva niente con quel coso, non sapeva come funzionasse.

Perciò Elide fece segno a Gerarda di alzarsi e tenendola per un braccio andò con lei nello studio.

Là, Gerarda fece funzionare la segreteria e si sentì la voce di Laguardia che chiedeva: «È in casa? Può rispondermi? Volevo dirle che ci sono novità e…» poi la sua voce si era interrotta, perché Gerarda aveva risposto.

«Visto?» disse Gerarda. «La data e l'ora sono qui, queste cifre sul display…» e quando Elide e Pina guardarono, lei se la giocò tutta: con il braccio libero afferrò la lampada da tavolo appartenuta alla zia e colpì Elide con il pesante basamento, alla cieca. L'aveva beccata proprio sulla mano che teneva il batticarne e la vecchia, che non riuscì a trattenere un urlo, sorpresa e dolorante mollò sia l'arma che la presa sul suo braccio.

Fu Gerarda allora a urlare a voce piena, mentre correva verso la porta di casa, rovesciando sedie e facendo tutto il frastuono possibile.

Alle sue spalle Pina, che aveva raccolto il batticarne ma non ce la faceva a tenerlo, lo gettò tra i piedi suoi per farla cadere. Gerarda spalancò la porta e cadde letteralmente addosso a una creatura con troppe braccia e gambe, che in realtà si rivelò essere composta da un enorme giovanotto (capelli alle spalle, barba, braccia piazzate) e da una delle tre figlie del ragioniere del secondo piano, quella con i capelli lunghi fino alla cintola e sempre in shorts pure in pieno inverno, evidentemente di ritorno da una lunga serata fuori e avvinghiati in quello che sembrava un bacio di congedo molto caloroso.

I due si videro arrivare addosso prima una donna di mezza età in camicia da notte a fiorellini, con l'aria da lepre in fuga, e poi una scarmigliata e grassoccia furia ultraottantenne in vestaglietta e pantofole che sembrava saltata fuori da chissà quale inferno, mentre cercava di prendere a terra una specie di mazzuolo. L'enorme giovanotto, che si sarebbe scoperto poi essere un giocatore di rugby dilettante, istintivamente le diede una spinta facendola cadere e s'impadronì del batticarne.

Gerarda intanto si era accasciata, trattenuta dalle braccia della ragazza in shorts e del Monsignore che, in pigiama a righe, aveva appena aperto la porta di casa sua per vedere cosa stesse succedendo nell'androne del condominio dei delitti.

23

Quel giorno, appena varcò la soglia del Macro Testaccio, Gerarda, accompagnata dal sempre caro Rodolfo, pensò subito al batticarne che apparteneva alle due vecchie. Era pallida come lo stracchino e ancora molto acciaccata, presa sotto dalla furia senile di quelle due maciare.

Rodolfo commentava garrulo via via gli incontri che facevano mentre lei era muta. Stava pensando che aveva condiviso con Adelaide Grazzini, al cui vernissage più importante per la sua carriera non poteva essere presente, un'aggressione delle due ineffabili Signorine, che, data l'età superiore ai settant'anni, unita alla scarsa sanità mentale, non avrebbero nemmeno avuto il carcere per il vecchio omicidio, ma la detenzione in casa. Cosa che terrorizzava tutto il condominio.

Gerarda si era tranquillizzata solo dopo aver saputo che suo fratello era stato trasferito a Roma e stava per acquistare a un prezzo molto conveniente la casa della signora Sanfilippo, che ancora non aveva trovato nessun acquirente, perché il fatto che fosse stato un luogo di sangue non lo si era potuto tenere a lungo nascosto.

Si guardò intorno. C'erano tutti, lì in attesa dell'apertura della mostra.

La signora Angelucci sorrideva come fosse sul set di un film, scintillante nel suo abito da sera color malva, con il professore, ormai quasi promosso a fidanzato ufficiale, ma senza Sissi, lasciata frignante in custodia alla portinaia. Notò che mancava lo studente, anche se sapeva che era tornato a Roma. Non c'era nemmeno Paoletta Terni, che ultimamente si era trasformata tornando al castano naturale e dimettendo abiti pizzosi e balze rigide. Gerarda pensò che si fosse dovuta adeguare ai gusti più tradizionali in tema di ragazze del buon Marco.

Il Monsignore, vestito comunque da prelato, risultava sempre elegante, però aveva uno sguardo strano, come impaurito, forse perché aveva visto per la prima volta la copia perfetta di Adelaide. Tra gli altri c'era infatti anche il fratello dell'artista, distinto nel suo abito scuro ma decisamente malmesso di salute, accompagnato dalla deliziosa nipote.

Quando finalmente si aprirono le porte, Gerarda vacillò e Rodolfo la sostenne dicendo: «Bella mia, non mi svenire proprio adesso come un'attrice della vecchia Hollywood...».

Gerarda avanzava lentamente nella mostra, mentre Rodolfo commentava più che altro gli atteggiamenti dei presenti: «Guarda quello che boria, deve essere il critico di qualche giornale!» e «Aspetta, non ti perdere questa scenetta: la tua amica Angelucci sta commentando ad alta voce il quadro di un uomo a pisello di fuori mentre il suo attempato fidanzato, il professore, si è fatto rosso come un camino acceso» e infine «Stiamo lontani da Mirri e il suo bambolotto datato, se me lo ritrovo davanti gli tiro quei suoi capelletti tinti fino a farlo pentire d'essere nato.»

Per Gerarda, invece, guardare le opere di Adelaide significava immergersi in un universo metareale, femminile e delicato, sentimentale e nostalgico a cui ormai, anche se faticava ad ammetterlo a se stessa, si era affezionata. Adelaide, secondo lei, non era stata affatto, come l'avevano descritta, una divoratrice di uomini, piuttosto una creatura inquieta alla ricerca di emozioni, come quella descritta dalla poesia di Ortensia di Guglielmo; quelle frasi, ritrovate nel suo quaderno, non erano riferite a Pina, ma a se stessa.

Mi scioglie l'un, l'altro più stretto afferra,
Ed in mille pensier m'involve, e gira,
Onde lo spirto mio piange, e sospira,
Ma non per questo il suo valor lo sferra.

Dicevano i versi non trascritti sul quaderno.

«Ho saputo che lei ha un disegno di mia sorella» le disse il fratello della Grazzini apparendo al suo fianco, nel solito modo perentorio, disturbando i suoi pensieri.

«Non è esatto. Il disegno è stato fatto in mille pezzi nell'aggressione che ho subìto… Poi c'è un quaderno di schizzi che era della signora Sanfilippo e che lei ha donato a uno studente per fare la tesi su sua sorella; adesso lo ha la signora Angelucci in custodia» rispose Gerarda rigida.

«Anche se serve per una tesi, non pensa che dovrebbe appartenere alla mia famiglia?» obiettò il vecchio.

«No, non lo penso, in quanto è stato regalato alla signora Sanfilippo dall'artista stessa.»

«La signora l'aveva raccolto quel giorno nella spazzatura, intende dire…» la rimbeccò il vecchio acidamente.

«E lei ce l'aveva buttato» fece notare Gerarda fronteggiandolo.

Per fortuna arrivò la nipote, che chiese al nonno: «Di che parlate?»

«Dei disegni di Adelaide, che sono in possesso di uno studente...»

La ragazza sbuffò: «Nonno, non puoi pretendere che le opere di Adelaide le abbia solo tu! Te l'ho già detto» e poi sorrise a Gerarda dicendo: «Non si preoccupi, il nonno certe cose proprio non le vuole capire» e il vecchio si lasciò portare via con garbo ma anche con fermezza.

A quel punto Gerarda, che aveva sempre Rodolfo a farle la guardia, vide entrare nel percorso della mostra il commissario Laguardia con sua moglie e gli andò incontro.

La moglie di Laguardia era una bella signora, alta e snella, bruna come una donna del sud dovrebbe essere, occhi scuri con gli occhiali a montatura di metallo da professoressa. Indossava un tailleur grigio con una camicetta di seta di un celeste squillante che le donava.

«Questa è mia moglie Donata... e questa è Gerarda, la mia aiutante sul campo, nonché sorella del mio amico Gaspare Greco» disse Laguardia compiaciuto.

Gerarda allungò la mano sinistra, la destra era fuori gioco per l'ingessatura dato che cadendo si era fratturata il polso. «Piacere e grazie per le melanzane, le ho molto gradite.»

Rodolfo subito si fece avanti.

«Lieto, sono Rodolfo, un amico di Gerarda... non il fidanzato, eh!»

«Direi che non c'è bisogno di specificarlo» replicò Gerarda con un ghigno.

La donna sorrise e rivolta a Gerarda disse: «Sono felice che le siano piaciute. E comunque so tutto di lei e di come siete riusciti a venirne a capo... Mi dispiace però che le due donne l'abbiano minacciata».

«Be', direi che le è stato facile sbarazzarsene» fece sempre Rodolfo. «Quelle due sono da campo santo.»

Gerarda polverizzò Rodolfo con uno sguardo, poi rivolta a Laguardia chiese: «Si sa qualcosa dei soldi rubati alla Sanfilippo?».

«Sì,» fece Laguardia «li abbiamo trovati questa mattina, ma non le piacerà che cosa sto per dirle...»

«Dove li avevano messi quelle due megere? Dentro al forno oppure sotto al materasso?» chiese sempre Rodolfo, mentre Gerarda avrebbe voluto mettergli una mordacchia.

«Niente di tutto questo» rispose Laguardia. «Non ce l'avevano le due Signorine, ma bensì lo studente nel conto in banca del padre.»

«Non ci posso credere!» commentò Gerarda sbiancando.

«Sì, è molto semplice, così semplice da sembrare stupido» spiegò Laguardia. «Quel giorno effettivamente, come hanno detto le due Signorine, dalla signora Sanfilippo andò solo Marco, che aveva un bisogno disperato di soldi, in quanto anche suo padre aveva perso il lavoro. Aggredì la signora con un pesante portacenere che aveva a casa, poi lo nascose nel suo giardinetto, dentro il vaso di una vecchia palma, coperto dalla terra... dove l'abbiamo ritrovato. I soldi però li aveva subito trasferiti per darli al padre.»

«Non è possibile» lo interruppe Gerarda. «Lei aveva controllato il ragazzo e aveva detto che era al computer.»

«C'era la sua fidanzata segreta al computer al posto suo, Paola Terni, è venuta lei a dirmelo perché lei ha avuto un grande scrupolo di coscienza.»

«Be', poteva pensarci prima quella ragazzina idiota» commentò Gerarda nervosa.

«È davvero orribile! Un giovane che uccide una donna anziana che si fidava di lui» esclamò la moglie di Laguardia.

«E io che pensavo di starmene tranquilla tra vecchi, rughe e pentole di fagioli» disse amara Gerarda.

«Meno male che c'era invece, Gerarda, è stata davvero brava a risolvere il primo degli omicidi» fece Laguardia inchinandosi.

«Non mi prenda in giro, sono stata fortunata a ritrovarmi quelle due fattucchiere ai lati del letto in piena notte... mi dica piuttosto, visto che siamo qui, che cosa si è capito dell'omicidio dell'artista» disse Gerarda tutt'altro che gratificata, anzi abbastanza infastidita.

«Dalla documentazione emerge che non si era mai capito quale fosse stata l'arma del delitto, elemento che forse avrebbe potuto portare dritti alle due sorelle, dato che il padre era macellaio e macellava anche in casa» ribadì Laguardia e poi riprese a raccontare di quanto avevano riferito con dettagli e particolari le Signorine, quasi ne fossero orgogliose.

Pina al commissario aveva spiegato che lei da ragazza era stata più vivace, più impulsiva e più ribelle di Elide, più ansiosa di vivere, piena di desideri che, in sé normalissimi, dalla madre e dalla sorella maggiore erano sempre stati considerati peccaminosi, da combattere e reprimere. Per lungo tempo Pina aveva dovuto non solo fare una vita dura, ma rimangiarsi tutta la sua voglia di allegria, di belle cose, di sentirsi amata. Per non avere rogne con la madre, per conquistarsi la benevolenza e la considerazione delle persone, per ottenere vantaggi e per conservare una facciata adeguatamente "rispettabile", era diventata una donna tutta formalità, a modo come i servizi buoni di rappresentanza, quando di nascosto in cucina si usano tutti i giorni i piatti ingialliti e puzzolenti d'olio. Un giorno era stata fermata da Adelaide Grazzini che le aveva chiesto se voleva posare per lei a pagamento; ci aveva pensato su e poi aveva detto di sì, anche se non sapeva neanche bene cosa volesse dire "posare". Per lei andare da Adelaide era un gesto sovversivo, ma c'entrava anche la curiosità di conoscere una donna che sua madre giudicava una puttana. E soprattutto c'entrava il desiderio di avere dei soldi e di potersi finalmente comprare qualcosa di suo; per ultima, l'idea non confessata di poter rubacchiare qualcosa (un rossetto, un profumo), visto che Pina era sempre stata un'abile ladruncola di cose minute. Adelaide l'aveva fatta prima posare vestita, poi l'aveva indotta piano piano, una seduta dopo l'altra, a spogliarsi, fino alla nudità completa, e le posizioni che le aveva chiesto di assumere erano state sempre più audaci.

Qui il racconto di Laguardia si era interrotto perché Mirri, che si era avvicinato al gruppo già da un po' e stava ascoltando, decise d'intervenire: «Adelaide» disse «inseguiva sempre una sua idea, un suo progetto estetico... ma io lo so per averla conosciuta bene, c'era in lei anche una punta di crudeltà, direi di sadismo punitivo. Non crediate che Adelaide fosse sempre e solo un angelo! Questo sentimento acido veniva suscitato dall'ipocrisia, una cosa che detestava moltissimo».

«Forse la ribelle Pina si è spaventata della sua stessa ribellione, ha visto il quadro finito e, anche se la sua faccia non si vede, si è sentita offesa. Ne ha parlato sicuramente con la sorella, che è la sua sorvegliante ma anche la sua complice, e insieme hanno deciso di affrontare la pittrice» si inserì Gerarda.

Laguardia allora riprese il racconto: «Già. Impaurite dalla reazione che avrebbe avuto la madre di fronte a quelle opere, nel caso le avesse viste, andarono di sera sul tardi da Adelaide, in teoria per chiederle di distruggere il quadro e i disegni che riguardavano Pina, in realtà con l'intenzione già di ucciderla perché si erano portate dietro il micidiale attrezzo del padre… Ovviamente l'artista non aveva alcuna intenzione di distruggere le sue opere e loro due la aggredirono e la uccisero, ma non poterono recuperare i disegni e il quadro, perché la Grazzini usava chiudere a chiave per maggiore sicurezza la stanza utilizzata come studio. E pur avendoli cercati, non sono riuscite a trovarli in fretta. Allora hanno pensato piuttosto a rubare i suoi gioielli e altri oggetti…»

Gerarda a quel punto chiese: «Quale delle due ha ucciso davvero Adelaide?».

«Il colpo mortale inferto all'artista pare che l'abbia sferrato Elide, che in queste occasioni, quelle cioè in cui deve rimettere a posto i "disastri" della sorella, prende il comando» rispose Laguardia.

«Perché non si sono riprese i disegni, magari passando dal giardino, rompendo i vetri della finestra? Non mi pare ci siano delle sbarre» osservò ancora Gerarda.

«Le due non hanno avuto il tempo di provare a entrare nello studio in un altro modo, perché sono state spaventate dal suono del campanello che è accanto al cancello di entrata…» rispose Laguardia.

«Ero io!» continuò Mirri. «Di sicuro scapparono scavalcando la rete che separava la proprietà di Adelaide dal giardinetto dell'appartamento del portiere, dove vivevano con la madre: penso che questo fosse il modo in cui di solito quella terribile donna raggiungesse lo studio, non vista...»

«Come mai non si è pensato a loro due all'epoca?» domandò ancora Gerarda.

Laguardia rispose: «Probabilmente perché nessuno pensava a quelle che allora erano due modeste ragazzette come a due possibili assassine. E poi nessuno andò a cercare somiglianze nei disegni dell'artista, oltre tutto parecchi furono distrutti dal fratello».

Gerarda a quel punto concluse: «Io pensavo che anche il secondo delitto fosse stato provocato dal risentimento, perché pure la Sanfilippo secondo loro era superba, aveva i soldi, si dava arie e oltretutto era disprezzata in quanto folle collezionista di carte e di libri... e invece» e fece una smorfia.

«Non dimentichiamo che per lo studente c'è stato solo un movente economico fortissimo. Aveva pochi soldi per sé e la sua famiglia era in forte difficoltà. Avevano un bisogno disperato di denaro e lui ha ucciso una donna che lo adorava e che forse gli avrebbe dato qualcosa di sua spontanea volontà se glielo avesse chiesto... Tutto è determinato da forze sulle quali non abbiamo alcun controllo...»

«Chi lo dice?» chiese Rodolfo ghignando. «Mi pare una frase da oroscopo di *Novella 2000*.»

«Einstein...» rispose secco Laguardia.

Gerarda volle ripassare sotto al quadro ritraente Pina, la Signorina, prima di congedarsi.

La ragazza senza volto, tirata a lucido e austera in pubblico, sciancata e mostruosa nelle stanze e nei solai. Una delle tante donne con la testa spaccata di quella storia.

Le tornò alla mente la prima opera di Adelaide che l'aveva incuriosita e portata a indagare sul delitto. Osservò meglio quelle forme, la posa, i movimenti. Adesso che ci faceva caso erano simili, forse la Grazzini aveva usato la sua aguzzina come modella per entrambe, nel secondo caso a sua insaputa.

E ora in quella casetta d'artista abbandonata, trasformata in magazzino per Coca-Cola e acqua gassata, rimaneva solo quella traccia del passaggio della grande artista: l'Antigone senza testa.

Tutti si salutarono, Laguardia però aggiunse: «Non la perderò di vista! Lei è una straordinaria aiutante. Avrò ancora bisogno della sua consulenza, ne sono certo».

«Che tipo di consulenza?» chiese Gerarda con un debole sorriso.

«Letteraria, ovviamente. La realtà assomiglia spesso a un romanzo...»

«No, si sbaglia commissario, la realtà è terribilmente banale, i romanzi non se lo possono permettere.»

Epilogo

Il giorno dopo, al mattino, Gerarda sentì suonare alla porta. Era la signora Angelucci che si schiudeva come un fiore campestre nel suo vestito blu di satin.

Beata lei che può ancora mettersi i vestiti di quando aveva trent'anni, pensò Gerarda.

«Ho portato le brioche calde!» disse la vecchia attrice entrando insieme a Sissi, che si slanciò sul divano prendendo in bocca un biglietto che era stato infilato sotto la porta. Gerarda lo levò dalle sue bavose fauci.

Era del Monsignore e c'era scritto: «Quando vuole aiuto per qualche faccenda non esiti a chiamarmi. Concreta e ovviamente anche spirituale. Adelaide le è riconoscente e anche io».

Gerarda, che era ancora in pigiama, cercò di non darlo a vedere ma rimase colpita dalle cure dei suoi condomini, che in quei giorni si erano molto prodigati per lei. La stessa Elsa si era precipitata a farle il caffè, dato che aveva la caviglia ancora ammaccata dal mazzuolo di Elide e il polso ingessato.

«Cosa fai così combinata? Viene la tua Tina?»

«Sì certo, viene tra poco...»

«Ti vedo sottosopra, mia cara. Del resto pure io ci sono

rimasta così male. Marco per me è sempre stato un angelo custode. Gisella si fidava ciecamente di lui, se penso ai soldi che gli abbiamo dato, le cose che gli abbiamo cucinato, i regali che gli facevamo tutti i giorni... È così questo mondo, le donne sole e vecchie dovrebbero barricarsi in casa armate di bazooka...»

Gerarda rispose addentando la brioche: «Per fortuna che tu non sei sola allora...».

«Pensa che Enzo mi ha chiesto di sposarlo! Che sciocco uomo adorabile...»

«Davvero? E che cosa pensi di rispondere?»

«Be', sarebbe il primo matrimonio della mia vita. Vuoi vedere che in vecchiaia divento finalmente una donna rispettabile?» e rise di gusto; anche Gerarda sorrise.

«Ma è vero che le due assassine staranno chiuse a casa, proprio qui? Perché in quel caso io e il professore ci trasferiamo in qualche paradiso per anziani, che ne so, in Kenya...»

«No, non è vero. Pare che le porteranno in una sorta di ospedale psichiatrico.»

«Meno male, perché sono pericolose... Ora perché sono vecchie, ma abbiamo rischiato che facessero salsicce di tutti noi» commentò la signora Angelucci schifata.

A quel punto suonò di nuovo il campanello.

«Sarà il tuo fidanzato?» chiese Gerarda all'altra.

«Non credo. È andato alla posta e in genere torna dopo due ore perché attacca bottone anche coi francobolli» rispose Elsa andando ad aprire.

In realtà era Paoletta Terni in versione modesta, jeans e giusto qualche ciuffo ritto sulla testa; tutto in lei sembrava gridare alla resa.

«Scusate il disturbo. Sono venuta a sentire come sta la signora Greco…»

La fecero entrare e sedere con Sissi sul divano.

«Signorina, prego. Comunque grazie della visita. Non ha avuto noie con la polizia?» fece Gerarda ironica.

La ragazza avvampò.

«Sì, ma io non sapevo che lui volesse uccidere la professoressa, se no non mi sarei messa a fare le ricerche su Internet per lui. Mi aveva chiesto aiuto per la tesi… E io ero…»

«Tu eri innamorata, vero?» fece l'Angelucci commiserandola.

«Le donne innamorate sono le peggiori tra tutte…» commentò Gerarda senza trattenersi.

«Sì… Ora penso di andare a trovarlo in carcere se me lo permettono. Non posso abbandonarlo… Alla fin fine lo ha fatto per la sua famiglia.»

«Stiamo comunque parlando di un assassino, eh. Ha preso un posacenere e ha aperto in due la testa di una signora impossibilitata a difendersi come se fosse un ciocco di legno buono per il falò» ribadì Gerarda irritata.

«Sì, lo so che non doveva farlo… Ma il padre era in difficoltà… Però volevo sapere se secondo voi potevo andare a consolarlo oppure no» balbettò la ragazza diventando viola melanzana in viso.

Gerarda ribatté: «Direi che è meglio se stai a casa. Trovati un nuovo fidanzato, magari meno avvezzo all'omicidio oppure, ancora meglio, fai a meno degli uomini per sempre!»

La ragazza le salutò mormorando un arrivederci, mentre Gerarda dentro di sé diceva: *A mai più!*

Una volta uscite entrambe le donne, si abbandonò sul divano e pensò: *Dovrò tenermi alla larga da tutto questo... Dice bene Rodolfo, dovevo scegliere la villa di Depressa: nonostante il nome ha l'aria molto più salutare di questo condominio, bello pittato fuori e pieno di locuste dentro le mura.*

Poi, facendo tornare alla mente i complimenti che aveva ricevuto da Laguardia, si ricordò di *Le mie mutandine di flanella* di Leonora Carrington e si disse: *Sono una santa. Vivo su un'isola. A dire il vero la "Santità" mi è stata imposta con la forza.*

Mentre filosofeggiava, vide il suo cellulare illuminarsi; la stava chiamando l'orrido Boschi. Pensò, *dannato!* e poi rispose.

Stampato presso Elcograf S.p.A.
Stabilimento di Cles